Amoureuse d’un jet-setteur

SHARON KENDRICK

Amoureuse d'un jet-setteur

Traduction française de
MARIE BACHÉ

AZUR

HARLEQUIN

Collection : Azur

Titre original :
PENNILESS AND PREGNANT IN PARADISE

HARPERCOLLINS FRANCE
83-85, boulevard Vincent-Auriol, 75646 PARIS CEDEX 13
Service Lectrices — Tél. : 01 45 82 47 47 - www.harlequin.fr
ISBN 978-2-2804-8301-8 — ISSN 0993-4448

Composé et édité par HarperCollins France.
Imprimé en décembre 2022 par CPI Black Print (Barcelone)
en utilisant 100% d'électricité renouvelable.
Dépôt légal : janvier 2023.

FSC
www.fsc.org
MIXTE
Papier issu de sources responsables
FSC® C159065

Pour limiter l'empreinte environnementale de ses livres, HarperCollins France s'engage à n'utiliser que du papier fabriqué à partir de bois provenant de forêts gérées durablement et de manière responsable.

1.

C'était pareil à l'un de ces cauchemars où vous êtes la seule à ne pas porter de vêtements.

Kitty se sentait exposée. Nue.

Comme si tout le monde savait qu'elle était une intruse qui avait pénétré par erreur au sein du territoire sacré de la jet-set.

Son cœur s'emballa dans sa poitrine lorsqu'elle aperçut les femmes qui l'entouraient, vêtues de robes en soie qui épousaient leurs corps minces et d'escarpins à talons hauts qui soulignaient leurs jambes lustrées. Mais pourquoi avait-elle mis cette simple robe en coton bouffante et cette paire d'espadrilles achetées au marché du village ?

Tout simplement parce que c'est ta seule tenue un tant soit peu appropriée pour boire un cocktail coûteux dans l'une des boîtes de nuit les plus chics de Bali.

Même si elle avait soigneusement coiffé ses cheveux frisés, qui n'étaient pas aussi désordonnés qu'à l'habitude, Kitty se sentait néanmoins mal à l'aise.

Car elle n'était pas le genre de femmes à entrer seule dans un bar. Encore moins dans ce type d'endroit ultra-luxueux qui contrastait avec l'ambiance discrète et détendue qui régnait à Bali. Sophie, une nounou qui logeait dans la villa voisine de la sienne, lui avait proposé de la rejoindre ici avec quelques amies en vacances sur l'île.

Mais Kitty était en retard et, tout en cherchant Sophie du regard, elle serra contre elle son petit sac à main en rotin – une autre acquisition locale.

Personne en vue.

Elle n'était pas *à ce point* en retard.

Après tout, qu'importe ! Elle allait se commander un cocktail ridiculement cher et le siroter en les attendant.

Soudain, elle sentit qu'on l'observait.

Comme mue par une force extérieure, elle se retourna et aperçut un homme assis à l'autre extrémité du comptoir en marbre. Un journal posé devant lui, il la dévisageait d'un regard sombre et intense. Son corps était tendu et son expression, glaciale. Il lui fit penser à l'hiver. Ou à quelque chose de froid et d'inébranlable. Quoi qu'il en soit, elle était incapable de détacher les yeux de cet homme qui la fixait. Était-ce son immobilité imposante, ses épaules larges ou la beauté stupéfiante de son visage ? Kitty frémit en soutenant son regard avec le sentiment étrange de le connaître. Pourtant, elle était certaine de ne l'avoir jamais vu auparavant.

Elle se détourna subitement, troublée par la réaction de son corps, le picotement de ses seins et la chaleur qu'elle sentait monter au creux de son ventre. Que lui arrivait-il ? Ce n'était pas dans ses manières de dévisager un inconnu dans un bar. Elle allait envoyer un SMS à Sophie pour tenter de les retrouver. Les filles devaient bien être quelque part ; après tout, le Langit Biru était l'un des plus vastes complexes hôteliers de l'île et certainement le plus chic.

Soudain, le téléphone de Kitty se mit à vibrer et, alors qu'elle était sur le point de le sortir de son sac à main, une voix aiguë vint interrompre le tumulte de ses pensées.

— Excusez-moi…

Elle se tourna et découvrit une femme qui avait surgi de nulle part, ses cheveux brillants enroulés sur sa nuque et un badge discret épinglé à sa robe noire annonçant son rôle de maîtresse d'hôtel. Elle arborait une expression aimable mais Kitty avait des antennes très sensibles pour ce genre de situations. Elle avait grandi avec des gens qui n'avaient cessé de lui faire sentir qu'elle n'était pas à sa place et savait précisément ce qui l'attendait.

— Vous n'ignorez pas que ce bar est réservé aux clients du *resort*, n'est-ce pas ?

Sans être agressif, le ton de la femme était suffisamment hautain pour que Kitty se sente mal à l'aise. Comme si elle avait besoin de ça après la journée infernale qu'elle venait de passer. Après les remarques blessantes de Camilla et l'attitude malsaine de Rupert. Après la banane écrasée dans ses cheveux à l'heure du goûter. Tous ces détails qu'on *omet* de vous décrire lorsque vous passez un entretien pour devenir nounou dans une famille riche. Soudain, Kitty eut envie de partir de cet endroit. Après tout, elle pourrait envoyer son message de n'importe où.

— Je ne le savais pas, répondit-elle avec le ton calme qu'elle avait acquis en travaillant auprès de jeunes enfants. Mais ne vous inquiétez pas, je ne compte pas rester une minute de plus.

Le cœur battant, elle se faufila entre les tables basses décorées de bougies et de vasques dans lesquelles flottaient des pétales de roses. Avant d'atteindre la sortie, elle jeta un dernier coup d'œil au bar et ressentit une pointe de déception en constatant que l'homme aux larges épaules avait disparu. Qu'avait-elle espéré ? Gagner un souvenir grisant de sa dernière nuit de congé avant les semaines sombres qui s'annonçaient ? Pas étonnant qu'elle n'ait jamais eu de véritable petit ami si elle plaçait la barre aussi haut…

Faisant comme si elle savait où elle allait, Kitty passa devant deux dragons géants en pierre ornés de fleurs roses qui semblaient presque irréelles. Elle s'aperçut tout à coup qu'elle avait quitté le chemin principal et qu'elle se trouvait dans un long couloir ombragé qui semblait mener vers une zone administrative de l'hôtel. Dieu merci, il n'y avait personne. Elle s'arrêta et sortit son téléphone.

Le texto de Sophie était aussi bref que précis.

Marre d'attendre. Cocktails BEAUCOUP trop chers et serveurs TRÈS arrogants ! Parties pour Kuta. Saute dans un taxi et rejoins-nous !

Kitty fixa l'écran lumineux de son portable en réfléchissant à ce qu'elle allait répondre.

Devait-elle se rendre à l'autre bout de l'île pour retrouver les trois jeunes femmes qui avaient déjà quelques verres d'avance sur elle ou bien jouer la carte de la sécurité en allant se coucher tôt ? Elle se mordilla la lèvre en imaginant, comme à son habitude, le pire scénario possible – ne pas trouver de taxi et déranger Camilla et Rupert en pleine nuit. Cela valait-il la peine de prendre ce risque, d'autant que les tensions étaient déjà vives avec ses employeurs ?

Elle se raidit en entendant quelqu'un s'approcher et son cœur bondit dans sa poitrine quand elle reconnut l'homme qu'elle avait vu au comptoir un peu plus tôt. Malgré son excitation, l'appréhension la gagna. Car elle n'avait pas le droit de se trouver ici. Elle le savait et lui aussi, sans aucun doute.

Pourtant, elle le fixa, immobile, tandis qu'il avançait dans sa direction, dominant le couloir faiblement éclairé de sa stature de la même manière qu'il avait dominé le bar tout à l'heure, avec une confiance tranquille et conquérante.

Maintenant qu'il se tenait face à elle, Kitty remarqua qu'il était grand et athlétique. Fascinée, elle observa la saillie de sa mâchoire ombragée et ses pommettes hautes. Ses cheveux emmêlés étaient noirs comme l'ébène et ses yeux sombres semblaient avoir été taillés dans un morceau d'obsidienne. Son regard était glacial. D'ailleurs, au-delà de ses traits presque parfaits, tout son être dégageait quelque chose de dur et d'impénétrable qui éveilla en elle une méfiance instinctive.

Elle savait qu'elle devait dire quelque chose, peu importe quoi, mais les mots restèrent bloqués dans sa gorge nouée. L'inconnu n'eut donc d'autre choix que d'entamer la conversation et ses paroles prévisibles la déçurent un peu.

— Vous êtes dans un secteur privé, comme l'indique ce panneau, dit-il d'une voix à l'accent espagnol. Puis-je vous aider ?

Au fond, Kitty lui fut presque *reconnaissante* de ce commentaire impérieux qui l'empêcha de laisser échapper une réponse folle et inconséquente, comme le fait qu'elle mourait d'envie de suivre du doigt la ligne sensuelle de ses lèvres ou de connaître l'effet que cela ferait s'il l'embrassait.

Alors, peut-être parce qu'elle était totalement en dehors de sa zone de confort, elle décida de déroger aux formules de politesse qu'elle employait habituellement.

— Je sais parfaitement lire, déclara-t-elle. Je cherchais juste un endroit tranquille pour envoyer un message après avoir été éjectée sans ménagement du bar.

— Vraiment ? répondit-il. Pourtant, la maîtresse d'hôtel est connue pour sa diplomatie.

Kitty soupira. Il avait raison.

— Je suppose qu'elle m'a un peu intimidée, voilà tout, concéda-t-elle. Cela dit, je ne vois pas pourquoi les bars ne seraient pas accessibles à tous. Je trouve ces politiques restrictives absurdes.

Il l'étudia attentivement, comme s'il cherchait à savoir si elle plaisantait. On eût dit qu'il lui semblait incroyable de rencontrer quelqu'un qui ne comprenne pas les règles en vigueur dans des endroits aussi prestigieux que celui-ci.

— La plupart de nos clients ne souhaitent pas être dérangés par des curieux qui ont économisé leurs roupies pour s'offrir un verre et passer des heures au bar à les espionner, déclara-t-il d'un ton cynique. Si des hommes d'affaires ou des membres de familles royales européennes optent pour notre complexe hôtelier, ils préfèrent le faire en sachant qu'ils pourront se détendre sans qu'un indiscret capture leur image sur son téléphone pour la vendre à un tabloïd de bas étage.

Kitty fut sur le point de s'insurger. Cet homme la prenait-il vraiment pour un de ces parasites, ou pire, pour une allumeuse en quête de célébrité ? Soudain, elle se souvint que Sophie avait tenu à venir ici précisément car elle avait entendu dire qu'un acteur connu y séjournait. Son amie n'avait-elle pas espéré prendre un selfie avec lui pour l'utiliser comme photo de profil ?

Qui pouvait bien être cet homme ? Kitty avait supposé

au départ que c'était un client mais, après réflexion, il n'en avait pas l'air. Sa chemise de soie, qui ondulait sur son torse puissant, et son pantalon noir, qui soulignait ses hanches étroites, étaient de toute évidence luxueux et, au bar, il dégageait cette assurance qui, selon elle, était l'apanage des riches et des privilégiés. Mais peut-être n'était-il qu'un membre de la sécurité, déguisé pour se fondre parmi les résidents fortunés de l'hôtel.

— Vous semblez bien connaître les lieux, dit-elle en fronçant les sourcils d'un air méfiant. Est-ce que vous travaillez ici ?

Santiago hésita une fraction de seconde avant de répondre.

— Oui.

Dans les faits, c'était bien le cas. Il avait beau être propriétaire de cet éco-*resort* florissant et de plusieurs autres semblables, cela ne l'empêchait pas de consacrer autant d'heures à ses entreprises que n'importe quel autre salarié. Donc oui, en théorie, il *travaillait* ici.

Il était secret de nature et il en avait toujours été ainsi. D'abord par nécessité, puis par habitude. Il tenait à ce qu'on en sache le moins possible à son sujet. On lui avait souvent reproché son caractère difficile et, en particulier, son indifférence en matière de relations amoureuses. Cette carapace prétendument glacée qui entourait son cœur. Son manque d'intérêt vis-à-vis de toute forme d'engagement sentimental. Mais contrairement à ce qu'il entendait régulièrement, ce n'était pas seulement pour tenir à distance les prétendantes au mariage. Cette attitude était profondément ancrée dans sa psyché et son besoin fondamental de s'isoler des autres était authentique. Il donnait ce qu'il pouvait et rien de plus. Si cela était cause de blessures involontaires, il s'affranchissait de toute forme de culpabilité. À cette pensée, son cœur se serra un instant. Était-ce parce qu'il portait en lui assez de culpabilité pour toute une vie ?

Santiago baissa les yeux sur la femme rousse devant lui.

— Et vous ? demanda-t-il doucement. Vous aviez décidé de venir boire un verre en solo, sans savoir que le bar était réservé aux clients de l'hôtel ?

Il vit les épaules de la jeune femme se tendre et le mouvement de ses seins fit naître une flamme de désir au creux de son ventre. La même réaction qu'il avait eue au bar quand leurs regards s'étaient croisés et qui l'avait poussé à se lever et la suivre comme si elle lui avait jeté un sort. Ce qui lui semblait aussi fou qu'inexplicable.

— Il se trouve que sortir seule le soir n'est pas du tout dans mes habitudes, dit-elle d'un ton pincé. Bien qu'il n'y ait absolument aucune raison pour qu'une femme ne puisse pas le faire si elle en a envie, ajouta-t-elle rapidement.

— Je n'ai pas suggéré un seul instant que ce puisse être le cas.

— J'avais rendez-vous avec des amies, mais ma patronne n'a cessé de me charger de tâches supplémentaires, ce qui m'a mise en retard, expliqua-t-elle. Et mes amies sont parties.

— Pourquoi si vite ?

— Elles ont trouvé les consommations trop chères et…

— Et ? insista-t-il en la voyant s'interrompre.

La jeune femme secoua la tête en soupirant et ses magnifiques cheveux se répandirent autour de ses épaules pâles.

— J'imagine que cet endroit est un peu trop haut de gamme pour elles. Elles sont donc parties de l'autre côté de l'île et m'ont proposé de les rejoindre.

Santiago hocha la tête. Il voyait parfaitement de qui elle parlait. Un groupe de trois blondes aux longues jambes qui avaient fait tourner les têtes en arrivant un peu plus tôt dans le bar avec leurs robes courtes, leurs peaux bronzées et leurs rires tonitruants. Ce n'était pas un spectacle inhabituel – de belles et jeunes touristes voulant avoir un aperçu de la façon dont vivent les privilégiés. Du coin de l'œil, Santiago les avait vues lancer leurs cheveux comme des bannières brillantes tout en jetant des regards de convoitise autour du bar comme si elles cherchaient quelqu'un – pour payer l'addition, peut-être… – avant de repartir.

Mais cette rousse aux grands yeux ne semblait pas s'accorder avec ce groupe. Elle avait l'air… Il fronça les sourcils en s'efforçant de trouver un mot étranger à son vocabulaire. Saine. *Sí.* C'était ça. Très éloignée des clientes qui fréquentaient habituellement ce palace. Pourtant, elle n'était pas son type de femme. Rien à voir avec les brunes nerveuses qu'il fréquentait. Des beautés aux longues jambes musclées qui se révélaient parfois étonnamment acrobatiques sous les draps et qui traitaient le sexe comme un sport délicieusement agréable – ce qui était exactement la façon dont il le voyait lui-même.

Cette femme-ci était… singulière. Une carnation pâle, un corps plantureux et bien dessiné. Une robe toute simple en coton qui ne convenait pas du tout à cet endroit guindé. Pourtant, malgré cette tenue inadaptée, elle se déplaçait avec une grâce indéniable. Une démarche souple qui avait attiré son attention plus qu'aucune autre n'avait réussi à le faire ce soir-là. Ni depuis longtemps, à la réflexion. Santiago serra les dents. Cette attraction aussi mystérieuse que puissante était peut-être liée au fait que, de toute évidence, elle était une étrangère parmi les autres et c'est ainsi qu'il se sentait lui-même.

C'est ainsi qu'il s'était toujours senti.

Son regard se promena sur la chevelure spectaculaire de la jeune femme. D'épaisses mèches couleur de feu tombaient en cascade sur ses épaules pâles. Elle lui rappela cette célèbre peinture de Vénus sortant des eaux. Il l'avait vue une fois, adolescent, un jour où on l'avait pratiquement traîné dans un musée en Italie. Il ferma les yeux en évoquant ce souvenir. Sa réticence d'alors n'était pas liée à un manque d'intérêt pour l'art mais au fait qu'il avait eu du mal à supporter le tour d'Europe culturel que sa mère avait imposé comme condition pour redonner une chance à son mariage brisé. Fou de gratitude, son père avait passé toutes les vacances à la flatter, d'une manière qui avait retourné l'estomac de

Santiago. D'autant plus que ce dernier savait exactement ce qui se passait en coulisses.

Elle trahissait l'homme qui n'était son mari que par le nom. Elle riait dans son dos, se préparant à le ridiculiser encore plus dans les jours à venir.

Mais à quoi bon ressasser ces pensées sinistres, songea Santiago en reportant son attention sur la rousse qui se tenait devant lui.

— Allez-vous rejoindre vos amies ? demanda-t-il.

Étrangement, il n'avait pas envie de la voir partir. Était-ce parce qu'elle était nouvelle et charmante ? Ou parce que la douce brûlure du désir s'insinuait en lui et qu'il n'avait pas ressenti cela depuis longtemps ?

— Je ne crois pas, répondit-elle en secouant la tête. Je vais juste retourner à ma villa.

— Cette perspective n'a pas l'air de vous réjouir plus que ça, fit-il remarquer.

— En effet, convint-elle avec un haussement d'épaules. Mais j'ai beaucoup à faire et je repars demain.

Ces mots eurent-ils le don de rassurer Santiago ? Sans doute. Il avait toujours aimé connaître la voie de sortie la plus proche à emprunter. Soudain, il eut envie d'effacer le voile d'anxiété qui assombrissait encore ce visage constellé de taches de rousseur. Il se demanda à quoi ressemblait son sourire. Au fond, ce n'était que pure bienveillance à l'égard de cette jeune femme qui avait été abandonnée dans un bar et qui avait visiblement passé une mauvaise soirée.

Mais au fond de lui, il savait que c'était plus que cela. C'était quelque chose de fondamental et d'irrésistible. Il était fasciné par son étrange beauté. Et alors ? Il avait bien le droit de prendre un peu de temps pour lui, surtout après le rythme effréné de ces derniers jours. Il venait de recevoir l'autorisation de construire l'une des plus grandes fermes solaires de la planète, dans une région de l'ouest de l'Australie, non loin de Perth. L'exploit avait été largement acclamé par les politiciens et les écologistes du monde entier. Santiago aurait dû être heureux de cet accomplissement et pourtant, ce n'était guère le cas.

Il avait remarqué la surprise de son équipe quand il avait quitté brusquement la salle du conseil, sa coupe de champagne à peine entamée. Mais comment expliquer à ses collaborateurs que chaque nouveau succès ne lui apportait que peu de satisfaction et qu'il avait déjà faim de l'affaire suivante et de celle d'après ?

Santiago fronça les sourcils.

Rares étaient ses sources de bonheur dans la vie.

— Comment vous appelez-vous ? demanda-t-il subitement.

— Kitty. Kitty O'Hanlon.

— Êtes-vous irlandaise ?

— La seule chose qui soit irlandaise chez moi, c'est mon nom, répondit-elle avec une note d'amertume dans la voix dont le sens lui échappa.

— Santiago Tevez.

Il s'interrompit quelques secondes pour lui laisser le temps de faire le lien. Qu'elle se souvienne avoir lu des choses à son sujet ou entendu parler de lui. Qu'elle lui pose quelques-unes des questions ennuyeuses et prévisibles auxquelles il devait toujours répondre quand les gens connaissaient son statut de milliardaire. Voyant qu'elle ne le faisait pas, il poursuivit avec une proposition qui le remplissait déjà d'une délicieuse anticipation – ce qu'il n'avait pas éprouvé depuis longtemps.

— Pourquoi ne pas rester et prendre un verre avec moi avant de partir ?

— Un verre ? répéta-t-elle.

— Oui. Rien de bizarre à cela. Nous nous trouvons tous les deux dans une impasse. J'ai fini de travailler et je serais ravi d'avoir un peu de compagnie. Et puisque vos amies sont parties, j'imagine que vous devez ressentir la même chose. La terrasse du bar en terrasse bénéficie de l'une des plus belles vues de l'île. On peut voir presque tout Bali, acheva-t-il avec un sourire.

Kitty sentit une bouffée d'excitation la traverser tandis que Santiago Tevez la fixait, une lueur froide dans ses yeux sombres. Car ce genre de situation n'arrivait pas aux filles comme elle. Jamais on ne lui faisait ce type de proposition. D'habitude, c'était toujours elle qui gardait les sacs à main quand elle sortait danser avec ses amies, elle qui offrait son réconfort lorsque l'une d'elles avait le cœur brisé. Les quelques fois où Kitty était sortie avec des hommes, les liaisons – si on pouvait les appeler ainsi – avaient rapidement tourné court. Elle savait que son entourage la trouvait prude et qu'il n'avait pas forcément tort, mais comment changer la façon dont on a été élevée ? Elle n'était pas douée pour le flirt et manquait clairement d'expérience pour tenir une conversation avec cet homme qui ressemblait davantage à un dieu qu'à un humain. De toute évidence, elle n'était pas à sa place ici et ferait mieux de s'enfuir à toute vitesse. Pourtant, quelque chose l'en empêchait. Ce n'était pas seulement le fait qu'il était trop tôt pour retourner à la villa, où elle risquait de croiser son patron malsain ou s'exposer à des commentaires sournois de la part de sa femme. Ce soir, elle sentait qu'elle était à un tournant de sa vie. Elle en avait assez d'être Kitty O'Hanlon, la pauvre orpheline qui passait son temps à chercher sa place et à être reconnaissante de tout ce qui lui arrivait. Son existence entière avait tourné autour du besoin de conformité et d'obéissance. Pour une fois, elle voulait sortir du rang, se débarrasser des contraintes qui l'enchaînaient et se comporter…

Elle sentit soudain l'attrait d'une impulsion nouvelle. Après tout, pourquoi ne prendrait-elle pas un verre avec ce bel inconnu ? L'occasion ne se représenterait sans doute jamais. Ne venait-elle pas de passer deux semaines éprouvantes sur cette île censée être un paradis ? Elle n'avait quasiment rien vu de Bali et n'avait même pas eu l'occasion de faire des croquis, ce passe-temps simple et peu coûteux qui la faisait vivre.

— C'est d'accord, fit-elle en haussant les épaules. Pourquoi pas ?

— Ensuite, je peux m'arranger pour qu'un chauffeur vous

raccompagne à votre lieu de résidence. Si cela vous convient, bien sûr, ajouta-t-il en lui lançant un regard interrogateur.

Kitty acquiesça, comprenant qu'elle s'était *évidemment* trompée et qu'il ne cherchait pas à la séduire. Il était juste gentil et probablement désolé pour elle. Elle était habituée. Malgré la pointe de déception qu'elle ressentit, elle n'allait pas s'en plaindre. Elle n'avait pas reçu beaucoup de marques de gentillesse ces derniers temps.

— Un chauffeur ? répéta-t-elle, incapable de refréner la sensation d'être momentanément quelqu'un d'important. Je veux dire… vous pouvez vous le permettre ?

Il sourit et Kitty regretta presque qu'il le fasse car l'espace d'une seconde, son visage s'adoucit et une flamme de désir la transperça.

Arrête de fantasmer, se dit-elle amèrement. *Fais preuve d'un peu plus de maturité.*

— Je le peux, en effet, répondit-il. Disons que cela fait partie des avantages de mon travail. Venez, Kitty O'Hanlon. Laissez-moi vous montrer le chemin.

2.

La vue était à couper le souffle.

Santiago n'avait pas exagéré en affirmant que c'était la plus belle de l'île, mais Kitty ne s'attendait pas à un spectacle aussi grandiose. Elle ferma brièvement les yeux – ce serait un souvenir à chérir lorsqu'elle serait de retour à Londres, dans le bruit, la circulation et les exigences sans fin de ses employeurs.

La terrasse en marbre était prolongée de passerelles qui surplombaient la mer sombre et scintillante. L'air était chargé d'un parfum d'encens et de frangipaniers. Quelques couples occupaient des tables éloignées, mais la balustrade principale sur laquelle ils se tenaient était complètement déserte. L'espace d'une seconde, Kitty nourrit la pensée folle que cet endroit leur avait été réservé et n'attendait qu'eux. Des enceintes cachées diffusaient une musique délicieusement sensuelle qui ressemblait à du jazz et qui lui donna envie d'ôter ses chaussures et de danser comme elle ne l'avait pas fait depuis l'âge de six ans.

Pourtant, le panorama époustouflant de Bali dans la nuit était insignifiant, comparé à l'homme qui contemplait la mer à ses côtés. Les reflets de la pleine lune sur le profil dur de Santiago Tevez donnaient l'impression qu'il avait été martelé dans du métal. Tel un empereur romain sur une pièce de monnaie ancienne, pensa-t-elle rêveusement avant de refouler ces pensées déplacées.

Elle ne put toutefois réprimer un soupir et il tourna la

tête vers elle en lui jetant un regard interrogateur. Sans en tenir compte, Kitty se concentra à nouveau sur l'horizon. Elle devait s'en tenir à la réalité : Santiago ne l'avait invitée ici qu'en raison de sa mésaventure au bar un peu plus tôt. Sans doute voulait-il éviter qu'elle écrive un commentaire désobligeant sur le site Internet de l'hôtel.

— Impressionnant, n'est-ce pas ? dit-il doucement. La première fois que je suis venu ici, j'étais émerveillé.

Ces paroles la mirent à l'aise, lui rappelant qu'ils étaient là tous deux pour travailler, pas en vacances, même si le fait que Santiago ait accès à cet endroit montrait qu'il devait occuper un poste important dans l'établissement.

— C'est magnifique. Je n'ai jamais rien vu d'aussi beau.

— Et si nous prenions ce verre, à présent ? dit-il avant d'incliner la tête en direction d'un sofa en bambou.

— Pourquoi pas ? fit Kitty.

Il lui sembla que c'était une réponse bien trop sophistiquée pour quelqu'un comme elle et, en suivant Santiago jusqu'au canapé, elle eut l'étrange impression d'être l'héroïne d'un film romanesque. Mais au fond, n'était-ce pas grisant, pour une fois, de *ne pas* se sentir Kitty O'Hanlon ?

Une serveuse parée d'une guirlande de fleurs vint déposer deux cocktails givrés sur la table basse avant de s'éclipser, les laissant à nouveau seuls.

Kitty s'enfonça dans les coussins moelleux et son cœur battit plus fort quand elle leva les yeux vers Santiago, debout devant elle. Que lui arrivait-il ? Une fois de plus, elle fut troublée par l'effet qu'il avait sur elle. Ses seins picotaient sous l'étoffe de sa robe, comme s'ils voulaient s'en échapper, et sa peau tout entière était sensible. Une flamme naquit au creux de son ventre.

Tout son être était gagné par un inconfort brûlant et délicieux.

Elle savait que c'était le désir. Elle avait lu sur le sujet et en avait souvent entendu parler. On lui avait décrit une sensation indéfinissable. Maintenant, qu'allait-elle en faire ?

Santiago vint s'asseoir à côté d'elle et désigna la table

basse devant eux où, au milieu du scintillement des bougies, se trouvaient deux coupes en cristal, remplies d'un liquide rose laiteux sur lequel flottait une petite tige chargée de baies rouge foncé.

— Martini à la canneberge, annonça-t-il en lui tendant l'un des verres. Une spécialité de la maison.

Kitty en but une gorgée. La boisson était délicieuse, les baies acidulées et juteuses, mais elle n'en avait pas vraiment envie et remarqua que Santiago ne touchait pas à la sienne. Il se contenta d'étirer ses jambes devant lui, avant de tourner la tête pour lui lancer un regard lascif.

— Alors ? Votre dernière soirée à Bali… Êtes-vous triste ?

Si on lui avait posé la question quinze jours avant, Kitty aurait peut-être répondu différemment. À ce moment-là, elle était encore pleine d'espoir et d'enthousiasme à la perspective de ce séjour. Même si elle travaillait, elle avait espéré profiter d'un peu de temps libre pour nager et explorer les recoins magnifiques de cette île, mais c'était sans compter sur les exigences constantes de deux enfants en bas âge. Elle n'avait donc rien vu de Bali.

Elle hésita quelques secondes avant de répondre. Elle ne reverrait jamais cet homme, alors pourquoi lui cacher la vérité ?

— Pas vraiment, non…

— Intéressant… Ce n'est pas la réaction habituelle des touristes. Bali est réputée pour être un paradis terrestre et la plupart des gens ont hâte d'y revenir. Alors, qu'est-ce qui a mal tourné ? Votre hôtel était-il décevant ?

— Au contraire ! Je suis logée dans l'une des villas de Sangat Bagus.

— Je dois dire qu'elles sont…

— Elles sont quoi ? demanda-t-elle en levant les sourcils.

— Eh bien…, répondit Santiago avant de s'interrompre comme s'il cherchait ses mots. Elles sont très haut de gamme et hors de portée du commun des mortels.

Il fit glisser son doigt sur le contour de son verre et eut soudain une expression curieuse.

— Ce n'était pas un jugement de valeur, ajouta-t-il rapidement. Simplement le fruit de mon évaluation, après avoir observé les gens qui passent leurs vacances ici, année après année. Je vous prenais pour l'une de ces jeunes femmes d'une vingtaine d'années qui affluent sur l'île pour un congé sabbatique, avec un budget limité.

Kitty s'adossa au canapé, découvrant avec surprise qu'elle appréciait ce moment.

— Continuez, c'est fascinant, l'encouragea-t-elle avec un sourire.

— Votre désenchantement vis-à-vis de Bali est probablement dû au fait que vous avez rencontré un bel Australien ou un Américain qui vous a brisé le cœur, poursuivit-il, son regard sombre scintillant de dérision. Il vous avait promis la lune et vous voilà sans rien.

— Je déteste l'idée de vous contredire, mais ce n'est pas du tout ainsi que cela s'est passé.

— Dans ce cas, pourquoi cet empressement à partir ?

Kitty reposa sa coupe et frotta ses doigts refroidis par la condensation sur le verre. Elle ne s'était confiée à personne au sujet de ses problèmes actuels – pas même à Sophie –, car la loyauté était l'une des règles qu'on lui avait inculquées depuis l'enfance et il était difficile de s'en défaire. Pourtant, face à cet homme, elle ressentit un besoin puissant de se confier. Et puis cela lui permettrait de détourner son attention de la présence magnétique de son corps.

— Comme vous, je ne suis pas ici en vacances. Je travaille en tant que jeune fille au pair.

— Une jeune fille au pair…, murmura-t-il comme s'il n'avait jamais entendu ces mots avant.

— Je m'occupe de deux jeunes enfants. Désolée, j'aurais dû vous poser la question. Est-ce que vous avez… des enfants ? demanda-t-elle, l'idée lui venant soudain qu'il pouvait être marié et père de famille.

Cette information n'aurait pas dû être importante et pourtant, elle l'était, sans qu'elle sache pourquoi.

Si, tu le sais. Tu sais exactement pourquoi.

— Non, Kitty. Je n'en ai pas et je n'ai aucune intention d'en avoir. Je suis célibataire et cela me convient parfaitement.

Elle ne sut déchiffrer l'expression qui durcit brièvement les traits du visage de Santiago et elle se demanda ce qui l'avait provoquée.

— Les enfants dont je m'occupe sont adorables, la plupart du temps. En revanche…

— Leurs parents le sont moins ?

— Il leur arrive d'être… difficiles, concéda-t-elle.

— De quelle manière ?

Elle ne put réprimer un soupir. Évoquer en détail son travail n'était pas ce qu'elle avait eu en tête en accompagnant cet homme dans ce décor de conte de fées.

— Cela vous intéresse-t-il vraiment de le savoir ?

— Je ne vous poserais pas la question, sinon, répondit-il.

Santiago baissa les yeux sur la jeune femme, surpris de découvrir qu'il appréciait son histoire. Pourquoi trouvait-il Kitty aussi fascinante ? Parce qu'elle se distinguait de toutes les femmes qu'il côtoyait ou pour une raison plus simple que cela ? Les reflets de la lune brillaient sur ses cheveux et il ne pouvait détacher le regard de cette cascade de feu étincelante qui laissait ses épaules pâles paraître par endroits.

— Racontez-moi, insista-t-il doucement.

— Mes employeurs sont tous deux des avocats brillants et je ne les vois quasiment jamais. Ils partent tôt le matin pour la salle de sport et ne reviennent qu'une fois les petits couchés.

— Parfois, on se demande pourquoi les gens font des enfants.

— Si ce n'était que pour de bonnes raisons, l'espèce humaine serait éteinte depuis des siècles, répliqua Kitty sur le même ton acerbe qu'il venait d'employer. Et bien que la villa soit immense, c'est assez intense quand nous sommes tous ensemble.

— Donc, vous les avez vus plus souvent que d'habitude et vous avez compris que vous ne les aimiez pas, c'est cela ?

— C'est à peu près cela, en résumé, dit-elle en hochant la tête. Leur mariage semble battre de l'aile en ce moment et ils ont l'air bien décidés à s'en prendre…

— À vous ?

Elle rougit comme si elle était soudain consciente d'en avoir trop dit.

— C'est une situation compliquée…

Santiago pencha la tête en arrière. Il se rendait compte qu'elle n'essayait pas de flirter avec lui et cette nouvelle ne fit qu'attiser son désir.

— Que comptez-vous faire ? interrogea-t-il d'une voix rauque.

Elle haussa les épaules.

— Dès mon retour en Angleterre, je vais me mettre en quête d'un nouveau travail et d'un endroit où loger.

— Vous aimez ça ? Déménager chaque fois que vous changez d'emploi ?

Kitty se demanda quelle serait sa réaction si elle lui confiait qu'elle ne s'était sentie vraiment chez elle qu'une fois, et que cet endroit lui avait été arraché de force. Sans doute ferait-il comme les autres. Il la sonderait un peu et se montrerait à la fois intéressé et plein de pitié, car c'est ainsi que les gens se comportaient quand elle évoquait son passé. Voilà pourquoi elle évitait le sujet autant que possible. Elle ne voulait pas de sa pitié. Elle ne savait pas ce qu'elle voulait exactement de cet homme, mais en tout cas certainement pas ça.

— Le changement est le sel de la vie ! s'exclama-t-elle sans grande conviction.

Santiago ne parut pas entendre sa remarque. Il était trop occupé à la fixer, comme s'il n'avait jamais vu de femme rousse auparavant.

— Et vous ? poursuivit-elle. À votre tour de me raconter quelque chose.

— Que voulez-vous savoir ?

Troublée, Kitty se déplaça légèrement sur le canapé en bambou, car elle savait ce qu'elle désirait. Elle mourait d'envie de savoir ce qu'elle ressentirait s'il la prenait dans ses bras et l'embrassait. Elle avait envie de poser son doigt sur ce visage sombre et en tracer le contour.

— Vous vivez ici, à Bali ? demanda-t-elle poliment.

— Parfois.

— Et le reste du temps ?

— Partout, dit-il en esquissant un sourire. Et nulle part à la fois.

— Vous êtes très énigmatique…

Il haussa les épaules.

— Je loue des maisons dans le monde entier, selon les endroits où mon travail me mène.

— Alors où est votre chez-vous ?

— Mon chez-moi ? répéta-t-il avec un petit rire. J'ai bien peur de ne considérer aucun endroit comme chez moi.

Kitty fronça les sourcils. Santiago se montrait clairement *évasif* sans qu'elle en comprenne la raison. Elle tenta une autre approche.

— Pas même en Espagne ?

— Vous croyez que je suis espagnol ?

Le cœur de la jeune femme bondit dans sa poitrine. Il faut dire qu'avec sa chemise de soie pâle et ses cheveux sombres brillant au clair de lune, Santiago ressemblait à l'un de ces conquistadors des romans d'aventures qui avaient bercé son enfance.

— C'est ce que je pensais…

— Eh bien, je ne le suis pas. Je suis argentin, né à Buenos Aires il y a près de trente-cinq ans.

Elle but une autre gorgée de son cocktail avant de reposer la coupe sur la table.

— Y retournez-vous de temps en temps ?

— *Nunca*. Jamais, ajouta-t-il avec un soupçon de dédain qui courba ses lèvres sensuelles. Pas depuis de nombreuses années. Mais voilà le problème, Kitty…

Elle frémit en l'entendant prononcer son nom. Comme si chaque syllabe était nappée de miel et de velours. Comme s'il la caressait de sa voix.

— Quoi ? souffla-t-elle.

Peut-être commençait-il à s'ennuyer en sa compagnie. Allait-il mettre un terme à la soirée et la faire raccompagner ? Elle retournerait dans l'atmosphère toxique de la villa et, surtout, loin de lui…

— Je pourrais répondre à vos questions toute la nuit, mais j'avoue que je ne suis pas d'humeur à subir un interrogatoire, murmura Santiago. J'ai été très occupé ces dernières semaines et c'est la première fois que je me détends depuis plusieurs jours.

— Si là, vous êtes détendu, je n'ose pas imaginer ce que c'est quand vous êtes stressé !

— Je suppose qu'on vous a souvent dit à quel point vos cheveux sont magnifiques ? demanda-t-il sans tenir compte de sa remarque.

Kitty hésita. Elle aurait l'air maladroite et surtout un peu *triste* si elle lui avouait que personne ne lui avait jamais fait ce compliment. Encore moins avec un accent doux et velouté comme le sien.

— Je détestais mes cheveux à l'école, murmura-t-elle.

— Pour quelle raison ?

— Parce que ça me faisait sortir du lot et qu'ils m'ont valu un tas de surnoms peu flatteurs.

— Dans ce cas, vos camarades de classe étaient remarquablement peu imaginatifs. Parce que vos cheveux sont semblables à un feu qui éclaire l'obscurité de la nuit.

S'il entendit son soupir, Santiago fit mine de ne pas l'avoir remarqué.

— Vraiment ?

— Je suis parfaitement sérieux, Kitty. Savez-vous ce que j'ai envie de faire en cet instant, plus que tout ?

Le pire, c'est que Kitty le savait. Malgré son manque d'expérience avec les hommes, elle devinait ce que Santiago Tevez avait en tête – et pas seulement parce que les mots qu'il employait résonnaient comme des poèmes à ses oreilles. À travers les reflets de la lune, elle voyait briller la flamme du désir dans ses yeux noirs et elle percevait la tension qui émanait de son corps puissant. Mais toutes ces sensations ne faisaient-elles pas écho à l'irrésistible besoin qui naissait en elle ?

Elle s'était souvent interrogée sur le désir. Celui qui, lui avait-on dit, vous consume comme une fièvre et vous empêche de penser correctement. Elle s'était demandé si une telle chose lui arriverait un jour. Certaines femmes étaient décrites comme frigides et l'idée d'être l'une d'elles la terrifiait.

À présent, cette crainte s'était envolée. Tout son corps vibrait d'une impatience brûlante. Mais plus que cela, Kitty se sentait femme comme jamais auparavant. Elle sut alors que Santiago n'avait pas pensé que ses espadrilles étaient bon marché ou que sa robe était laide quand il l'avait vue dans le bar. Il se fichait de savoir si elle était une intruse, ou si elle était riche ou pauvre. Ce qu'elle lisait dans son regard lui disait, plus que n'importe quel mot aurait pu le faire, qu'il la désirait. Pour la première fois de sa vie, elle se sentait belle. Et elle avait conscience de son pouvoir sur cet homme. Elle avait envie de repousser les limites et d'explorer un univers jusqu'alors inconnu. Le choix de ce qu'elle ferait ce soir n'appartenait qu'à *elle*. À personne d'autre.

— Je crois le savoir, oui, répondit-elle avant de froncer les sourcils. Est-il dans vos habitudes de séduire des jeunes touristes qui viennent ici en congé sabbatique ?

Santiago secoua la tête.

— Je ne l'ai jamais fait.

— Alors, pourquoi m'avoir suivie depuis le bar ?

— Je pense que vous le savez parfaitement, répondit-il en plongeant ses yeux d'ébène dans les siens.

— Vous avez pensé que je représentais un risque pour la sécurité de l'hôtel ? répliqua-t-elle en souriant.

Devant le regard coquin de Kitty, Santiago comprit que la jeune femme répondait à son invitation tacite et il ressentit malgré lui une pointe de déception à l'idée qu'elle lui cède aussi facilement. Avait-il espéré qu'il mettrait plus de temps à la convaincre de venir à lui ? Sans doute. Il avait imaginé prolonger le jeu du chat et de la souris avant de satisfaire le féroce appétit sexuel qu'elle avait inexplicablement réveillé en lui. Il aurait aimé endurer cette attente, conscient que la satisfaction aurait un goût d'autant plus doux que ses sens étaient affamés.

Il eut un rictus amer. Il s'était trompé au sujet de cette femme. Elle était comme les autres, un fruit mûr prêt à être cueilli. Il sentit une pulsation battre contre sa tempe. Même s'il avait toujours éprouvé une méfiance profonde à l'égard des femmes, il était scrupuleusement honnête avec elles et ne leur donnait jamais de faux espoirs. La plupart des beautés à qui il avait affaire dans son monde doré comprenaient les limites tacites qu'il imposait, mais étant donné l'apparente insouciance de Kitty ce soir, il allait peut-être devoir les formuler de façon claire. Pour qu'elle comprenne qu'il n'était pas le genre d'homme qui peuplait ses rêveries romantiques.

— Je vous ai suivie car j'étais incapable de vous résister, *rojà*, déclara-t-il. Parce que votre chant de sirène était plus puissant que ce que j'ai connu depuis longtemps.

Il tendit le bras et fit glisser son doigt sur les mèches soyeuses comme il avait eu envie de le faire dès l'instant où il avait posé les yeux sur elle. À ce contact, la jeune femme soupira.

— Que signifie *rojà* ? demanda-t-elle doucement.

— Cela veut dire rousse. Mais ne changeons pas de sujet, je vous prie.

Elle semblait très détendue et ses yeux brillaient dans la nuit. Il ne distinguait pas clairement leur couleur. Sans doute étaient-ils verts.

— Vous n'avez pas envie de m'apprendre l'espagnol, Santiago ? demanda-t-elle d'un ton taquin.

— Pas maintenant, grogna-t-il en guise de réponse. J'ai d'autres projets pour l'instant.

— Lesquels ?

— Vous embrasser, par exemple. Voulez-vous que je vous embrasse, Kitty ?

Elle hocha la tête et murmura d'une voix soudain plus faible :

— Oui… vous savez que j'en ai envie.

— *Sí*. Je l'ai su à la seconde où je vous ai vue.

Il sentit sa gorge s'assécher tandis que son regard dérivait sur la courbe voluptueuse de ses seins qui tendaient le coton fleuri de sa robe.

— Mais vous devez comprendre qu'une fois que j'aurai commencé, je finirai par vous faire l'amour.

— Pourquoi ? Est-ce ce qui arrive toujours ?

— Toujours, répondit-il d'une voix rauque.

— Et alors ? Si c'est ce que je veux, moi aussi ?

Santiago fut troublé par la candeur de la jeune femme. Avait-il eu raison de faire preuve de condescendance à son égard ? Après tout, elle était une adulte comme lui. Elle était maîtresse de ses décisions et il devinait que son corps frémissait de désir lui aussi.

Il se pencha et un sentiment délicieux d'anticipation s'empara de lui en voyant les lèvres sensuelles de Kitty s'entrouvrir pour l'accueillir. Elle leva les yeux vers lui et quand elle plongea son regard dans le sien, il n'y lut rien d'autre qu'un désir doux et confiant. Il fut sur le point de changer d'avis et de la renvoyer chez elle.

Mais son envie était trop puissante. Il sut que s'il la touchait ici, il ne pourrait jamais s'arrêter, aussi se leva-t-il brusquement.

— Allons dans un endroit où nous aurons plus d'intimité. La suite présidentielle est juste à côté.

— La suite présidentielle ? répéta-t-elle, confuse. Êtes-vous sûr ?

— Certain.

Il lui tendit la main et elle la prit sans hésiter. Santiago sentit le désir pulser doucement lorsque leurs doigts s'entrelacèrent.

3.

Du pouvoir ?

Comment avait-elle pu être assez naïve pour croire qu'elle aurait le moindre pouvoir sur cet homme ? Et sur ce qu'il lui ferait *ressentir.*

Tandis que Santiago la menait sans un mot du bar chic à une autre terrasse, visiblement privée, Kitty regarda autour d'elle, émerveillée. La suite présidentielle ressemblait à un palais.

Au milieu d'un enchevêtrement de fleurs parfumées, elle aperçut un jacuzzi ainsi qu'une piscine à débordement éclairée de spots qui créaient des nuances de bleu doré à sa surface. Non loin de là, elle vit une sorte de méridienne qui ressemblait davantage à un lit. Alors qu'elle se demandait une fois de plus s'ils avaient le droit d'être là, Santiago l'attira à lui et ses doutes s'envolèrent. Car le baiser qu'il lui donna était tout simplement… magique.

Il effleura ses lèvres, d'abord légèrement puis avec plus de précision et elle comprit qu'il la savourait comme on pourrait le faire d'un fruit délicieux. Son exploration lente et étudiée en disait long sur son expérience et Kitty se demanda si le fait qu'elle en manque cruellement de son côté allait se voir. Mais elle chassa vite ces doutes car, alors que Santiago approfondissait son baiser, elle se rendit compte qu'il était capable de lui faire ressentir bien d'autres choses que le plaisir qui déferlait lentement dans tout son corps.

Il la faisait se sentir forte.

Puissante.

Il glissa la langue dans sa bouche et ses tétons se durcirent instantanément dans son soutien-gorge, qui lui sembla soudain trop petit. Comme s'il avait deviné son inconfort, Santiago releva la tête et abaissa le corsage de sa robe, révélant ses seins qui menaçaient de jaillir du sous-vêtement en dentelle. Elle nota avec ravissement la lueur d'appréciation qui brilla dans ses yeux.

— *Eres hermosa, rojà*, souffla-t-il.

Même si Kitty ne connaissait pas un mot d'espagnol, elle comprit que c'était un compliment.

— Oh ! gémit-elle quand il mordilla l'un de ses mamelons durcis à travers la dentelle du soutien-gorge.

— *Oh* serait-il le mot universel pour désigner le plaisir ? demanda-t-il d'une voix langoureuse.

— Je croyais que vous ne vouliez pas entendre parler de linguistique, répondit Kitty, essoufflée, et il eut un petit rire avant de reporter son attention sur son autre sein.

Fallait-il qu'elle le touche ou qu'elle le caresse, elle aussi ? Mais à quel endroit et comment ? songea-t-elle, un peu confuse. De toute façon, ce tourbillon de sensations merveilleuses l'empêchait de se concentrer sur une tâche précise. Comment penser à autre chose qu'au plaisir d'être touchée de cette façon ? Elle retint son souffle quand il posa la main sur son genou nu, avant de la remonter lentement le long de sa cuisse tremblante, jusqu'à sa culotte. Kitty se sentait bombardée de sensations plus exquises les unes que les autres. Son corps entier était en feu lorsqu'il se pencha à nouveau sur elle pour lui donner un baiser encore plus ardent que le premier.

— Santiago, gémit-elle en enroulant les bras autour de ses épaules puissantes.

Il se recula et, d'un geste très doux, il écarta ses cheveux de ses joues brûlantes afin de la contempler de son regard sombre comme la nuit. Dans le clair de lune, les traits nobles de son visage semblaient peints de noir et d'argent et ses cheveux en désordre évoquaient la crinière d'un lion. Il était stupéfiant de beauté. Comment un homme tel que lui avait-il pu vouloir d'elle ? Vite, Kitty refoula cette pensée désagréable. N'avait-elle pas passé la majeure partie de sa vie à douter d'elle-même ? À se juger selon des normes établies par d'autres personnes, dont certaines qu'elle ne respectait même pas.

Eh bien, ce soir, elle sortait de l'ombre. Sans se demander si elle était ou non à sa place, car elle avait osé tendre la main vers quelque chose qu'elle désirait vraiment. Et, mon Dieu, elle le désirait plus que tout.

— Ce n'est pas l'endroit idéal, murmura-t-il. Je vous propose que nous trouvions un lieu plus confortable.

Il glissa une main sous ses fesses et la prit dans ses bras pour la conduire jusqu'à la terrasse en marbre.

Kitty se laissa mener, ravie et incrédule face à ce geste qu'il semblait accomplir sans effort.

— Je n'avais jamais été portée par un homme auparavant, observa-t-elle rêveusement tandis qu'il la déposait sur la méridienne qu'elle avait aperçue en arrivant.

— Je peux vous assurer que ce n'est pas mon modus operandi habituel, répliqua Santiago ironiquement.

— C'est encore de l'espagnol ?

— Non, du latin. Assez parlé, grogna-t-il en se penchant à nouveau sur ses lèvres. Je veux vous déshabiller.

Il lui ôta ses espadrilles et Kitty sentit son cœur s'emballer quand il lui enleva sa robe et la déposa sur le côté de la banquette. Elle n'avait plus que ses sous-vêtements et elle frissonna malgré elle sous la brise tiède de Bali. Allait-il être déçu par la vision de son corps ainsi exposé ? Elle se risqua à jeter un regard vers lui et l'appréciation qu'elle lut sur son visage fit monter en elle une vague de chaleur.

— *Mujer*, souffla-t-il. *Mujer.*

Kitty ne comprit pas ce qu'il disait mais tout à coup, cela n'eut plus d'importance, car elle fut envahie d'un besoin féroce de le voir à son tour. Elle tendit les mains vers sa chemise en soie et ses doigts tremblants dégrafèrent les boutons l'un après l'autre avant de faire glisser le vêtement au sol.

— Oh ! ne put-elle s'empêcher de s'exclamer doucement, époustouflée par la vision du torse sculpté de Santiago.

D'un geste précis, il repoussa les mèches de cheveux qui cachaient son visage. Puis il enleva son pantalon et prit quelque chose dans son portefeuille avant de finir de la dévêtir. La petite culotte et le soutien-gorge allèrent rejoindre les vêtements qui jonchaient le sol. Ils étaient tous deux nus et le gémissement que Santiago poussa en la prenant dans ses bras sembla à Kitty le son le plus merveilleux qu'elle avait jamais entendu.

Puis ce fut la découverte de son corps. Sa douceur. Sa dureté. La succion lente de sa bouche. Le mouvement rapide de sa langue. Une danse complexe et silencieuse, telle qu'elle n'en avait jamais connu.

— Ta peau est si douce, dit-il en la caressant.

— Et la tienne est si…

Il releva son menton d'un doigt afin de soutenir son regard dans le clair de lune.

— Hum ?

Ce n'était pas le moment d'être timide. Pas maintenant.

— Si dure, murmura-t-elle enfin.

— Je crois que c'est l'idée en effet, *rojà*, dit-il en riant doucement avant de baisser les yeux pour contempler sa poitrine. Puis-je embrasser tes seins maintenant ? Ils sont magnifiques et je crois qu'ils réclament un baiser.

— Oui… s'il te plaît…

Il émit un faible grognement de satisfaction quand ses lèvres effleurèrent un téton puis l'autre. Kitty les sentit gonfler au contact de sa langue. Quand Santiago fit descendre une main sur son ventre, elle se cambra pour venir à son contact, ne sachant que dire et bouleversée par les émotions nouvelles qui la gagnaient. Elle sentit une chaleur humide au creux de ses jambes et frissonna quand il y glissa d'abord ses doigts, puis sa bouche. Le plaisir l'envahit en vagues croissantes et le nom de Santiago trembla sur ses lèvres.

— Je crois que c'est le moment, dit-il d'une voix rauque qui la fit trembler de désir, et elle acquiesça sans un mot.

Kitty le vit déchirer un petit étui et elle comprit qu'il venait de sortir un préservatif.

Elle aurait dû être gênée par cette intimité aussi nouvelle, mais ce ne fut pas le cas. Elle eut l'impression de rattraper en une seconde les années qu'elle avait manquées, à cause de tout ce qu'on lui avait appris à craindre.

Le corps nu de Santiago était tout simplement fascinant. Bien qu'elle n'ait pas d'élément de comparaison, Kitty le trouva magnifique. Elle tendit le bras pour le toucher, mais il interrompit son geste en secouant la tête.

— Pas maintenant. Peut-être plus tard.

Elle ne comprit pas non plus ce que cela signifiait mais en cet instant, il se déplaçait au-dessus d'elle et la chaleur de son corps puissant lui parvenait tandis qu'il écartait les mèches de cheveux qui couvraient son visage. Était-il possible que cela se passe toujours ainsi ? Cette harmonie parfaite entre deux personnes ? Comme si plus rien d'autre n'existait au monde à ce moment-là, à part eux ? Il couvrit sa bouche d'un baiser passionné tout en la pénétrant et elle eut le sentiment de se dissoudre dans le plaisir. Mais soudain, alors qu'il s'enfonçait davantage en elle, Santiago sentit une résistance et Kitty l'entendit marmonner quelque chose en espagnol.

— Continue, souffla-t-elle contre sa bouche, pour le rassurer et l'encourager à poursuivre.

Elle n'avait pas éprouvé la douleur dont on lui avait souvent parlé. À peine un tiraillement lorsqu'il avait traversé son hymen, puis la sensation incroyable d'être remplie et de se sentir complète.

Il cessa de l'embrasser et tourna la tête pour poser ses lèvres chaudes dans son cou tandis qu'il la prenait à nouveau selon un rythme délicieux, sans un mot. Instinctivement, Kitty souleva les hanches pour répondre à chacune de ses poussées et une première vague de plaisir grossit en elle – grandissant de plus en plus avant d'exploser comme un feu d'artifice. Prise de tremblements, elle gémit le nom de Santiago avant de l'enlacer et c'est à ce moment-là qu'il l'embrassa à nouveau. Mais cette fois, son baiser n'était ni tendre ni explorateur. Il ne cherchait qu'à la faire taire. Bientôt, elle sentit que le corps de Santiago était lui aussi parcouru de spasmes. L'espace d'une seconde, elle se demanda si elle avait fait quelque chose de mal. Puis elle se ressaisit.

Profite de la situation, songea-t-elle farouchement. *Prends cette nouvelle assurance qui est tienne et réjouis-toi de ce que cet homme te fait vivre. Tu es Kitty O'Hanlon et tu t'es libérée des chaînes de ton passé.*

Elle se blottit dans la chaleur du corps ferme de Santiago, la tête collée contre sa poitrine, à écouter les battements sauvages de son cœur. Jamais elle ne s'était sentie aussi vivante. Aussi désireuse de conquérir le monde.

— Mmmh, c'était merveilleux, soupira-t-elle contre sa peau douce.

Santiago resta un moment silencieux, en attendant que son rythme cardiaque retrouve une fréquence normale et que le plaisir luxurieux qui s'était imprégné dans son corps et son esprit se dissipe, et le laisse réfléchir correctement. Avait-il fait fausse route en amenant cette femme ici ? Si les indices étaient présents, sans doute avait-il décidé de les ignorer, son corps affamé les chassant de sa conscience comme du sable dans le vent.

— Tu étais… vierge, finit-il par murmurer, et ce mot résonna curieusement sur ses lèvres.

Il sentit contre son torse le chatouillement des cheveux épais de Kitty lorsqu'elle hocha la tête.

— Oui. Est-ce que c'est important ?

Il prit le temps de réfléchir à sa question. Dans l'absolu, cette situation n'était rien de moins que sublime, avec le charme indéfinissable qui lui était propre. Mais il était davantage habitué aux manœuvres de séduction délibérées. Aux amantes vêtues de minijupes et de bottes en cuir qui se présentaient chez lui, nues sous un imperméable. Des femmes prêtes à tout pour attirer son attention. Lui qui pensait avoir tout vu du sexe opposé devait reconnaître qu'il s'était trompé. Sa première évaluation de Kitty O'Hanlon comme une sorte de sirène était totalement fausse. Elle n'était qu'une douce et innocente vierge.

Santiago fronça les sourcils. La pulsion qui l'avait poussé à la suivre depuis le bar était-elle née de l'intuition subconsciente qu'aucun autre homme ne l'avait touchée ? Était-ce pour cette raison qu'il s'était comporté en macho, contrairement à son habitude, la portant sur la terrasse au clair de lune comme une sorte d'homme des cavernes. Ou quand il avait eu l'impression d'accéder au plus délicieux des trésors en pénétrant pour la première fois dans sa chaleur étroite et humide ?

Il refoula avec difficulté ces souvenirs érotiques grisants pour se concentrer sur la réalité.

— Tes choix ne me regardent pas, fit-il. Bien que je ne puisse nier avoir été surpris.

— Pourquoi ? murmura-t-elle en se blottissant contre lui et, une fois de plus, il fut envahi d'une bouffée de chaleur.

— À cause de ton âge.

Il sentit le corps de la jeune femme se tendre.

— Qu'est-ce que mon âge a à voir avec ça ?

Santiago passa la main dans les mèches flamboyantes de la jeune femme et sentit son sexe durcir à nouveau, malgré lui.

— Quel âge as-tu ?

— Je suis une femme d'une vingtaine d'années qui n'est pas en congé sabbatique, répliqua-t-elle. Ce sont tes mots. Tu te souviens ?

— Très bien. Mais dans la mesure où tu as attendu si longtemps pour faire l'amour, n'aurait-il pas été plus sage de patienter encore un peu ? Jusqu'à ta nuit de noces, ou au moins à une relation qui durera plus d'une nuit ?

Kitty se redressa sur un coude et le fixa, mais il fut surpris de ne lire aucune trace de souffrance ou d'indignation dans son regard.

— Et si je ne recherche rien qui dure plus d'une nuit ?

— Alors, selon mon expérience, tu serais très différente des autres femmes.

— Eh bien ! s'exclama-t-elle en repoussant la masse de ses cheveux derrière ses épaules. Es-tu toujours aussi cynique ?

— Toujours.

— Pour quelle raison ? Quelqu'un t'a brisé le cœur ?

— Non, Kitty. Je n'ai jamais laissé personne s'approcher suffisamment pour cela.

— Tu veux dire que tu es né ainsi ?

— C'est possible. Ou alors, je le suis devenu en cours de route.

Il se redressa dans le lit et hésita à lui proposer un verre avant de la reconduire à la villa. Il avait envie de lui dire qu'il n'était pas bon pour quelqu'un d'aussi gentil qu'elle. Il valait mieux qu'elle s'éloigne le plus possible de lui. Mais il avait aussi une envie féroce de l'embrasser et de sucer ses seins magnifiques, puis de s'enfoncer à nouveau dans sa chaleur torride.

— Habille-toi, dit-il un peu brusquement. Je te raccompagne.

À son grand étonnement, et à sa joie involontaire, la jeune femme tendit la main vers son sexe durci et l'entoura de ses doigts dans un geste d'une infinie douceur.

— Kitty, fit-il d'une voix rauque, troublé par le fait que, malgré son manque d'expérience, elle se montrait étonnamment douée. Que fais-tu ?

— Tu as dit que je pourrais te toucher plus tard. C'est plus tard, n'est-ce pas ? Tu as également parlé d'une seule nuit mais si je ne me trompe pas, il nous reste encore quelques heures avant le lever du soleil.

Santiago fut pris au dépourvu face à tant d'audace de la part d'une personne aussi naïve, sinon il aurait su quoi répliquer pour parer à son attaque aussi imprévue qu'irrésistible.

Mais au fond, résister était bien la dernière chose à laquelle il pensait en cet instant. Une nuit. Combien pourrait-il lui apprendre en une nuit ? *Et elle, combien pourrait-elle t'apprendre ?* résonna une voix moqueuse dans sa tête.

— Je ne vais pas changer d'avis à propos de ce que je t'ai dit tout à l'heure, lança-t-il en plongeant le regard dans le sien. Je ne suis pas le prince charmant qui viendra te sauver. Je ne veux pas de mariage et encore moins d'enfant. Je suis très heureux de mon statut de célibataire et de ma vie de nomade, tu comprends ?

— Tu dis ça à toutes les femmes avec qui tu couches ?

— Non, Kitty. Mais c'est parce que je fais généralement l'amour avec des femmes qui ont beaucoup plus d'expérience que toi.

Kitty se hérissa en comprenant qu'elle détestait l'idée que Santiago put être avec une autre femme qu'elle. Elle la détestait avec une passion qui la surprit, bien qu'elle sache que cette pensée n'avait pas lieu d'être. Contrairement à lui, elle se sentait vulnérable et elle devait se débarrasser de ce sentiment si elle voulait qu'il l'embrasse à nouveau – ce qui était son désir le plus cher. Alors, elle entrouvrit les lèvres et ressentit une bouffée de satisfaction quand il enfonça sa langue dans sa bouche, puis elle cessa de penser à quoi que ce soit lorsqu'il plaqua son corps couvert de sueur sur le sien.

Elle perdit le compte du nombre de fois où il la fit crier de plaisir. Et, chose incroyable pour une novice comme elle, elle s'aperçut qu'elle était capable de faire frémir cet homme qui gémissait des mots en espagnol en la rendant folle de bonheur.

La nuit fut ponctuée d'instants de sensualité pure. Ils passèrent de la terrasse à la vaste suite présidentielle. Dans la cuisine, Santiago lui servit un jus de fruits frais sorti d'un gigantesque réfrigérateur, puis il lui fit déguster de minuscules bouchées au chorizo et aux crevettes, au tofu et à la sauce cacahuète, et pour finir un sorbet crémeux à la noix de coco. Il la conduisit dans une salle d'eau carrelée et, en chemin, ils croisèrent une série de pièces plus vastes les unes que les autres.

Les puissants jets de la douche jaillirent sur eux et Kitty découvrit que faire l'amour dans l'eau était une autre expérience merveilleuse, même si cela compliquait l'usage du préservatif.

— Tu es sûr que nous avons le droit d'être dans la suite ? demanda-t-elle timidement lorsqu'elle eut fini de trembler dans ses bras.

— Ne t'inquiète pas pour ça, répondit-il avec une assurance dont elle se souviendrait longtemps par la suite.

Quand elle se rhabilla, les cheveux encore humides, le soleil se levait à peine et le ciel violet et doré rendait le panorama sur l'île époustouflant. Kitty comprit avec un pincement au cœur que c'était probablement son dernier matin à Bali.

— Je ferais mieux d'y aller, dit-elle à contrecœur.

Santiago devina à sa voix qu'elle était triste, mais c'était inévitable. Il ne voulait pas que Kitty se rende compte qu'il venait de passer l'une des nuits les plus extraordinaires de sa vie. Son cœur battit farouchement dans sa poitrine. Il valait mieux s'en souvenir ainsi que de laisser la réalité la ternir.

Il la conduisit jusqu'à la réception principale et vit les yeux de la jeune femme s'écarquiller lorsqu'un voiturier lui ouvrit la portière d'une élégante limousine noire, juste devant l'entrée du bâtiment. Mais Kitty ne fit aucune remarque et le fait qu'elle accepte tranquillement cet environnement luxueux alimenta les soupçons qui ne planaient jamais bien loin dans l'esprit de Santiago.

Il conduisit en silence et attendit d'être garé devant sa villa pour lui poser la question, incapable de se retenir plus longtemps – même s'il sentait que cela gâcherait probablement ce qui venait de se passer. Au fond, n'était-ce pas ce qu'il voulait ? La découvrir calculatrice, comme il l'avait si souvent expérimenté par le passé avec d'autres femmes.

Il coupa le moteur et se tourna vers elle pour la regarder.

— Alors, tu ne savais vraiment pas ? demanda-t-il lentement.

Elle fronça les sourcils.

— Je ne suis pas sûre de comprendre ce que tu veux dire…

Une voix dans sa tête lui intima de laisser tomber. De déposer un baiser sur les lèvres tremblantes de Kitty et de la remercier pour ce souvenir divin. Mais le cynisme coulait dans les veines de Santiago Tevez, alimentant la température glaciale de son cœur. Il fallait qu'il sache.

— C'est mon hôtel, lança-t-il.

— Ton hôtel, répéta-t-elle sans comprendre.

— Le Langit Biru. Il est à moi. Je possède aussi une chaîne de *resorts* comme celui-là. Tu ne le savais pas ?

— Bien sûr que non, s'exclama Kitty. Comment aurais-je pu le deviner ? Tu m'as seulement dit que tu « travaillais » ici.

— C'est le cas.

— Peu importe.

Soudain, elle hocha la tête comme si elle venait de résoudre une énigme.

— Tu crois que c'est pour cette raison que j'ai passé la nuit avec toi, c'est ça ?

Comme il ne répondait pas, elle reprit, outrée :

— Comment as-tu pu ?

— C'est facile, répliqua-t-il en haussant les épaules. Je mets ça sur le compte de l'expérience dont j'ai toujours su tirer le meilleur enseignement. Je n'ai jamais rencontré une femme qui ne voulait pas quelque chose. La plupart des gens font appel à tout ce qu'ils ont sous la main comme outil de négociation.

— Je ne vois pas où tu veux en venir, Santiago…

— Admets qu'il est surprenant que quelqu'un offre sa virginité à un parfait inconnu lors d'une simple aventure d'un soir.

— La seule chose que j'admets, c'est d'avoir commis une

erreur monumentale en passant plus d'une seconde avec un cynique au cœur dur comme toi !

Kitty sortit de la voiture et claqua la portière avant de se pencher vers la fenêtre ouverte. Elle savait qu'elle devait se contenir, mais elle était tellement en colère qu'elle fut incapable de maîtriser le volume de sa voix.

— Au moins, je ne perdrai pas de temps à me languir de toi et à penser à ce qui aurait pu se passer, lança-t-elle. Et sache que je ne crois pas une seconde que tu sois heureux dans ta vie de célibataire. Je pense que tu ne saurais pas ce qu'est le bonheur s'il venait frapper à ta porte, Santiago Tevez, malgré tous tes privilèges apparents. Tu te prends pour une sorte de trophée parce que tu es riche et beau, mais si tu veux mon avis, j'ai plutôt l'impression de l'avoir échappé belle !

Elle vit les lèvres sensuelles de Santiago se courber quand il tourna la clé de contact pour démarrer sa voiture.

— Tu as parfaitement raison, fit-il en lui lançant un regard sombre. Chaque mot que tu as prononcé est correct. Tu l'as échappé belle. Je suis le mal incarné alors que tu es quelqu'un de très spécial, Kitty O'Hanlon. Tu mérites de trouver un homme qui se souciera de toi, qui t'appréciera à ta juste valeur.

Elle regarda sans un mot la limousine s'éloigner lentement. Si seulement il n'avait pas prononcé cette dernière phrase… Même si c'était un compliment, cela signifiait qu'elle devait cesser de désirer ce qui était mauvais pour elle. Ce qu'elle n'obtiendrait jamais.

Lui.

Elle prit une grande inspiration et remonta sur la pointe des pieds le chemin qui menait à la villa. Elle inséra sa clé aussi discrètement que possible dans la serrure, mais à peine avait-elle refermé la porte qu'elle entendit une exclamation de colère. Elle se tourna et aperçut Camilla qui se dirigeait droit vers elle, une lueur furieuse dans le regard. Son mari, Rupert, se tenait juste derrière.

— J'étais sur le point de vous demander d'où vous venez, Kitty, siffla-t-elle. Mais il suffit de vous regarder…

— Vilaine petite fêtarde, gloussa Rupert en louchant sur sa poitrine.

4.

La première bombe explosa deux jours après leur retour de Bali, quand Camilla la convoqua au salon, le samedi en fin de matinée.

C'était une requête inhabituelle car en général, ce jour-là, Kitty emmenait les enfants jouer au parc tandis que leurs parents prenaient un brunch tardif au café du coin, après avoir fait leurs courses à Regent's Park. Mais aujourd'hui, Harry et Hattie avaient été invités chez des amis et, pour une fois, Kitty était libre de son temps.

Le salon était encore plus aseptisé que d'habitude, avec ses meubles raffinés et ses murs bleu canard, ornés de portraits hideux des illustres ancêtres de Rupert. Camilla était assise sur le canapé, vêtue d'une de ses petites robes soignées. Elle tenait ses genoux serrés l'un contre l'autre et sa coiffure était impeccable, comme à l'accoutumée. Évidemment, elle ne proposa pas à Kitty de s'asseoir. Celle-ci avait noté que l'atmosphère était électrique depuis leur retour. On évitait de la regarder dans les yeux et un silence glacial s'installait dès qu'elle entrait dans une pièce. Elle avait donc désespérément parcouru les annonces d'emploi, mais il n'y avait pas beaucoup de postes de jeunes filles au pair vacants durant l'été.

— Inutile de tourner autour du pot, commença Camilla en jouant nerveusement avec les perles de son collier. Je voulais simplement vous avertir que nous vous laissons partir.

— Vous me laissez partir, répéta Kitty, incrédule.

Camilla soupira bruyamment.

— Vous êtes renvoyée, Kitty. Avec un mois de salaire en guise de préavis. Je suis navrée d'en arriver là, mais c'est ainsi. Nous aimerions que vous fassiez vos bagages et partiez aussi vite que possible.

Kitty sentit son cœur battre plus vite tandis qu'elle regardait Camilla sans un mot.

— Mais… pourquoi ? finit-elle par demander en regrettant aussitôt sa question.

— Oh ! voyons ! Nous savons toutes les deux pourquoi ! Croyez-vous vraiment que le comportement que vous avez eu à Bali est un exemple pour Hattie et Harry ?

Kitty avait plus d'un regret au sujet de la soirée malencontreuse qu'elle avait passé avec cet homme qu'elle ne parvenait pas à chasser de son esprit. Mais sa délicieuse initiation au sexe l'avait fait se sentir comme une vraie femme, pas comme une enfant fautive. Alors, hors de question de se laisser traiter comme telle.

— Vous ne pensez pas que j'ai droit à une vie privée ? demanda-t-elle doucement.

— Pas quand cela a un impact sur la nôtre, rétorqua Camilla. J'imagine que lorsque Rupert n'a pas mordu à l'hameçon, vous êtes allée voir ailleurs…

— Je vous demande pardon ? s'écria Kitty, les yeux ronds.

— Oh ! s'il vous plaît, épargnez-moi votre regard innocent. Mon mari m'a raconté que vous n'arrêtiez pas de lui faire du charme dès que j'avais le dos tourné. En vous déhanchant devant lui en maillot de bain à la moindre occasion.

Camilla était si éloignée de la vérité que Kitty faillit éclater de rire. Mais comment annoncer à une femme que son époux est un pervers qui vous donne la chair de poule ? À quoi bon dénoncer ce mensonge dans la mesure où ce serait sa parole contre celle de Rupert ? Elle hocha donc la tête, déterminée néanmoins à garder sa dignité – l'une des rares choses qu'elle avait conservées de son enfance si triste.

— Comme vous vous voudrez, murmura-t-elle en refoulant

les larmes qui menaçaient de jaillir de ses yeux. Je partirai dès que j'aurai dit adieu aux enfants.

— J'ai bien peur que ce soit impossible, répliqua Camilla d'une voix douce. Nous préférons que vous ne les voyiez pas. Leur nouvelle nounou sera là pour le goûter.

Et c'est ainsi qu'une heure après, Kitty se retrouva sans travail ni logement.

Le cœur lourd, elle traîna la lourde valise qui contenait tous ses biens jusqu'à l'arrêt de bus voisin.

Que faire à présent ? Même si elle trouvait une agence ouverte le samedi, il était peu probable qu'on lui propose un emploi de jeune fille au pair. Soudain, elle retint son souffle. Les références… Camilla n'en fournirait sans doute aucune étant donné la nature totalement injuste de son licenciement.

Elle repensa aux quelques connaissances qu'elle avait en ville. Il y avait son amie Lucy, une autre nounou qu'elle avait rencontrée en arrivant dans la capitale. La jeune femme lui avait prêté son canapé, le temps que Kitty trouve son premier job.

Dieu merci, quelques jours plus tard, elle dégota un emploi dans un pub. Les horaires étaient contraignants et le Merry Ploughman était situé dans l'une des rues les plus bruyantes de Londres, mais il disposait d'un *logement* – certes pas plus grand qu'une boîte d'allumettes – et ses propriétaires irlandais, Gerald et Eileen Flanagan, étaient adorables. Cela faisait si longtemps que Kitty n'avait pas reçu un peu de gentillesse…

— Entrez, ma chère, lui avait dit Mme Flanagan en l'accueillant. Laissez-moi vous offrir une tasse de thé.

Cette femme aimable lui rappela Ellen, la gouvernante du père O'Brady, et pour la première fois depuis longtemps, Kitty se laissa envahir par la nostalgie.

Mais la nostalgie n'avait pas sa place dans la vie qu'elle menait à présent. Elle était trop occupée à servir des pintes de bière et des tartes aux petits pois, tandis que les chaînes de sport défilaient sur la grande télévision du pub, toujours réglée sur le volume maximum. Au bout d'une semaine, Kitty avait l'impression d'être là depuis un an. À la fin de chaque journée, elle s'effondrait dans son lit, épuisée. Mais, quel que soit son état de fatigue, elle ne parvenait pas à échapper à ses fantasmes qui concernaient tous un homme à la peau cuivrée et aux yeux noirs comme une nuit sans étoiles.

Santiago Tevez.

Les souvenirs qu'elle gardait de son amant argentin étaient très ambivalents. C'était l'homme le plus sexy qu'elle avait jamais rencontré. Quelle que soit la magie qu'il exerçait, elle avait été assez puissante pour que Kitty se comporte d'une manière dont elle ne se serait jamais crue capable. Il avait pris sa virginité d'une seule poussée douce et dure et ça lui avait semblé parfaitement juste. Comme la seule issue possible à la soirée la plus incroyable de sa vie. Comme si c'était écrit.

Et pourtant…

Elle n'arrivait pas à admettre qu'il ait pu croire qu'elle s'était donnée à lui parce qu'il était riche. Bien qu'elle ait tenté de se persuader qu'il avait eu de bonnes raisons de le suspecter – peut-être que toutes les femmes couraient *effectivement* après sa fortune démesurée –, elle n'en était pas moins blessée. Et maintenant, elle culpabilisait. Comment avait-elle pu être stupide au point de s'imaginer qu'ils avaient eu un lien spécial ?

Kitty fixa l'abat-jour bon marché au-dessus de son lit étroit. Elle devait arrêter de s'en vouloir ainsi. Tout le monde avait le droit de se tromper, au moins une fois dans la vie, n'est-ce pas ?

En plus, elle ne reverrait plus jamais Santiago.

Avec le temps, elle apprendrait à se concentrer sur autre chose chaque fois qu'il lui viendrait à l'esprit. Cette expérience lui servirait de leçon et jamais elle ne la retenterait. Elle redeviendrait la Kitty qu'elle était avant : celle qui préférait le sport au tourbillon des sentiments parce que la vie était plus paisible ainsi. Quand son cœur aurait guéri, elle opterait pour un homme à sa portée. Peut-être un employé de bureau raisonnable. Quelqu'un avec qui elle pourrait avoir des points communs.

C'est alors que la seconde bombe surgit de nulle part, si puissante et soudaine qu'elle faillit la mettre à terre.

Au début, Kitty eut du mal à le croire. Le destin ne pouvait être cruel au point qu'une erreur de jugement puisse avoir des conséquences si importantes. Elle fit donc un test, puis un autre, et fixa dans sa main tremblante la ligne bleue sur le bâtonnet.

Elle était enceinte.

Très vite, tout changea. L'odeur de la bière dans le pub la rendit malade. Elle eut beau se dire que c'était psychologique, rien n'y fit. Elle pensa à sa propre mère, qui l'avait abandonnée sans autre forme de procès devant la maison d'un prêtre il y avait bientôt vingt-quatre ans. Elle avait dû avoir très peur pour en arriver à faire une chose pareille…

Elle-même ne se retrouvait-elle pas dans une situation similaire ? Seule et effrayée, avec un petit être qui grandissait en elle. Kitty prit une grande inspiration. Ce n'était plus aussi facile de porter un jugement, à présent…

Qu'allait-elle faire ?

Ses choix étaient limités, mais c'était déjà le cas dans la mesure où elle vivait au jour le jour. Elle avait un travail, oui, mais son poste au Merry Ploughman n'était que temporaire. Elle n'avait pas prévenu ses employeurs qu'elle était enceinte, car elle l'ignorait, mais cela ne tarderait pas à se voir. Et ensuite ? Elle n'avait aucun parent vers qui se tourner et Ellen Murphy et le père O'Brady n'étaient plus de ce monde depuis longtemps. Elle risquait de se retrouver à la rue, désespérée et terrifiée.

Elle fut prise d'un sanglot silencieux, puis elle se souvint qu'elle n'était pas la seule personne responsable de cette petite vie. Santiago Tevez était le père, n'est-ce pas ? Malgré ses déclarations implacables, accepterait-il que la mère de son enfant vive dans la misère ?

Assise devant son ordinateur, dans sa petite chambre au-dessus du pub, Kitty se rappela les paroles qu'il avait prononcées et qu'elle s'était souvent répétées comme un mantra.

Je n'ai pas d'enfant et je n'ai aucune intention d'en avoir.

Elle repensa à la façon dont son visage s'était assombri quand il avait dit cela, comme si quelque chose d'indicible avait traversé son esprit. Elle savait que Santiago était sincère, alors. À Bali, il avait été clair sur le fait qu'il ne voulait plus la revoir et ce n'était pas vraiment une surprise, car elle savait depuis le début qu'ils étaient très différents. Ce qui rendait la situation encore plus compliquée.

De l'avis général, un homme avait le droit de savoir qu'il allait être père et, en théorie, Kitty était d'accord avec ce principe. Mais en pratique, ce n'était pas toujours aussi facile. Elle avait eu des parents biologiques et des parents adoptifs, et elle ne se faisait aucune illusion. De quel droit pouvait-elle imposer cela à un homme qui ne voulait absolument pas d'un enfant ?

Rappelle-toi ce qui t'est arrivé. Tu ne peux pas prendre le risque que ton bébé subisse le même sort.

Pourtant, une part d'elle-même la poussait à donner une chance à Santiago Tevez. Comment juger de son aptitude à être père alors qu'elle ne le connaissait pas vraiment ? Peut-être devait-elle tenter sa chance. Et si, au bout du compte, il lui annonçait qu'il ne voulait avoir aucun lien avec cet enfant, elle aurait au moins fait son possible.

Et Santiago avait les moyens de l'aider.

Kitty posa les doigts sur son ventre plat. Quelle autre possibilité avait-elle ?

Sans se donner le temps de changer d'avis, elle s'assit sur son lit et attrapa son téléphone. Il était 1 heure du matin ici, ce qui signifiait 8 heures à Bali. Était-ce trop tôt pour l'appeler ? Non. Santiago était probablement déjà au travail. Et s'il était allongé sur cette même terrasse, avec une autre femme dans les bras ? Une pointe de jalousie la transperça à cette idée mais elle la refoula. Elle ne pouvait se permettre de penser ainsi. Il n'était pas question d'attachement ou de possession en cet instant. Il s'agissait de découvrir quel genre d'homme il était vraiment.

Pour décider si, oui ou non, elle lui dirait qu'il allait bientôt devenir père.

— J'ai une femme en ligne qui demande à vous parler, *señor* Tevez. Elle dit que c'est… personnel.

Les yeux de Santiago s'étrécirent tandis qu'il notait la subtile inflexion dans la voix de son assistante, suggérant que quiconque souhaitant lui parler d'une question personnelle devait avoir son numéro privé. Ce qui était vrai.

— A-t-elle donné son nom ?

— Oui. Kitty O'Hanlon.

Tout le corps de Santiago se contracta et son sexe durcit instantanément, sans qu'il puisse faire quoi que ce soit pour l'en empêcher. Il repensa à cette rousse sensuelle aux courbes arrondies. La beauté ardente avec laquelle il avait passé une nuit merveilleuse, malgré ses réserves quand il avait découvert à quel point elle était innocente.

Les premiers jours qui avaient suivi le départ de la jeune femme, il n'était pas parvenu à la chasser de son esprit et cela l'avait profondément agacé. Parce qu'elle n'était pas son genre, à bien des égards.

Elle n'était pas sophistiquée.

Elle travaillait comme jeune fille au pair à des milliers de kilomètres de sa résidence principale à Bali. Elle était vierge, pour l'amour du ciel, et n'avait pas pris la peine de le lui dire, ce qui lui avait donné l'impression qu'elle lui avait volé quelque chose. Le choix, oui, mais plus que cela encore.

Il avait perdu le contrôle et, pour lui, c'était inconcevable.

Une alchimie extraordinaire les avait unis, le temps d'une folle nuit de passion sous le clair de lune de Bali. Santiago avait agi de façon impulsive. Voire imprudente. Et pourtant, il avait été incapable de résister. La jeune femme était différente et rafraîchissante, mais il devait reconnaître aussi que certains aspects de sa personnalité l'avaient autant troublé que captivé. Avec difficulté, mais parce qu'il était ainsi fait, il l'avait pourtant effacée de ses pensées.

Et voilà qu'elle l'appelait. Il eut un sourire amer. Kitty rejoignait la longue liste des femmes qui refusaient de le laisser partir. Quand comprendraient-elles qu'il ne changerait jamais ? Qu'en agissant de la sorte, elles n'obtiendraient que l'effet inverse de ce qu'elles désiraient ?

Santiago hésita à faire dire à son assistante qu'il n'était pas disponible. Ce pourrait être un moyen efficace de lui montrer qu'il ne tenait pas à la revoir. Ou peut-être pas. Il valait mieux qu'elle ne persiste pas à l'appeler au bureau, comme tant d'autres l'avaient fait avant elle. Autant briser ses espoirs maintenant et tirer un trait sur leur brève liaison – cela épargnerait à la jeune femme un long chagrin d'amour.

— Passez-la-moi, déclara-t-il brusquement, puis il attendit d'entendre le *clic* de la connexion longue distance.

Il sentit la présence de Kitty à l'autre bout de la ligne et resta silencieux, mais comme elle ne disait pas un mot de son côté, il se résolut à prendre la parole.

— Kitty, fit-il, de la voix la plus neutre possible. C'est une surprise.

— Je m'en doute. Je… j'espère que je ne te dérange pas.

— Si c'était le cas, nous n'aurions pas cette conversation. Mais j'ai très peu de temps à ma disposition. Alors… ?

— Bien sûr.

Le léger flottement qu'il décela dans sa voix le troubla, mais il chassa vite ce signe de vulnérabilité de son esprit. Il était sincère quand il lui avait dit qu'il n'était pas un homme pour elle. Il se contenta donc de contempler l'azur scintillant de l'océan devant la fenêtre de son bureau et les palmiers qui agitaient leur feuillage dans la brise légère.

— Je voulais te dire que j'ai été licenciée.

— Pour quelle raison ? demanda-t-il, légèrement crispé.

— Ils m'ont surprise pendant que je me faufilais dans la villa, à l'aube, après ma nuit avec toi.

— Et alors ? Tu avais ta soirée libre, non ?

— Oui, mais ils ont deviné sans peine ce que j'avais fait, murmura-t-elle d'une voix faible.

— Je ne suis pas sûr de comprendre, Kitty, soupira Santiago d'un ton impatient, car il était agacé de la découvrir si fragile. Tu avais signé une clause d'abstinence en acceptant ce travail ?

— Pas besoin d'être cynique.

— Ce n'est pas le cas. Je suis très sérieux. C'est injuste de virer quelqu'un qui se comporte de façon parfaitement naturelle. C'est un cas de licenciement abusif. Je peux demander à un de mes avocats d'y réfléchir, si tu veux.

— Ce n'est pas pour un conseil *juridique* que je t'appelle…

Était-ce du désespoir ou de la détermination qu'il percevait dans sa voix ? Et pourquoi son instinct le poussait-il à courir aussi vite que possible dans la direction opposée ? Tout simplement parce que Kitty exprimait des *émotions*. Ce qui, pour lui, rimait avec manipulation.

— Dans ce cas, pourquoi m'appelles-tu ?

Elle marqua une pause. Plus longue, cette fois.

— Je voudrais que tu me donnes du travail, dit-elle. À la crèche du Langit Biru. Comme tu es le propriétaire de l'hôtel, ça ne devrait pas être un problème. Et je suis une bonne nounou, Santiago, quoi qu'en disent Camilla et Rupert.

— Mais pourquoi ici ? demanda-t-il d'un ton méfiant bien qu'il en ait une idée précise.

— Laisse-moi réfléchir une minute, répliqua-t-elle sur le ton de la plaisanterie. M'occuper d'enfants dans un paradis terrestre ou servir des pintes dans un pub londonien bruyant ? Le choix est vite fait.

Santiago réfléchissait à la question mais surtout, il pensait à Kitty. À sa chaleur chaude et envoûtante. À la douceur de sa peau qui s'était si bien accordée à la sienne. À la façon dont ses yeux avaient brillé d'émerveillement dans le clair de lune quand il l'avait pénétrée la première fois, et puis à ce qu'il avait ressenti en s'apercevant qu'elle était vierge. Le sexe avait été époustouflant, malgré son manque d'expérience. Ou grâce à ça ? Il sentit son érection presser contre son pantalon tandis que dans son esprit défilaient des images érotiques qu'il ne parvenait pas à chasser.

— Si tu espères reprendre là où nous nous sommes arrêtés, je crains que tu sois déçue. C'est hors de question, dit-il froidement. Donc, si c'est la raison pour laquelle tu veux venir ici, la réponse est non.

Il entendit à son souffle qu'elle était choquée.

— Je n'arrive pas à croire que tu aies dit ça. C'est tellement arrogant de ta part...

— Je suis honnête avec toi. Tu préférerais que je te mente ?

— Tu me prends pour une manipulatrice ?

— Je n'ai aucune idée de qui tu es, Kitty. Nous ne nous connaissons pas vraiment, n'est-ce pas ?

— Non, tu as raison, répondit-elle d'une voix plus calme.

Il attendait qu'elle lui dise qu'elle avait changé d'avis et reconnaisse que sa requête n'était rien de plus qu'un caprice, mais comme elle restait silencieuse, quelque chose le poussa à poursuivre. Était-ce sa conscience ou ce reste de culpabilité qu'il ne parvenait pas à détruire au fond de lui ?

— Si tu cherches réellement un travail temporaire, le temps de réfléchir à ton avenir, alors oui, je peux en parler à quelqu'un.

La pause qui suivit fut si longue qu'il se demanda si elle avait bien entendu.

— Si cela ne te dérange pas, finit-elle par murmurer d'une voix qui lui fit penser à un robot, j'en serais très heureuse.

— Je suppose que tu as des références de tes précédents emplois.

— Bien sûr.

— Envoie-les-moi et nous y jetterons un coup d'œil. Si l'équipe est d'accord, nous te contacterons. Mais si nous t'engageons, ce sera pour une durée de deux mois, pour couvrir la haute saison ici, c'est bien compris ?

— Parfaitement, merci, répondit-elle froidement. Et si cela ne te dérange pas, j'aimerais commencer le plus tôt possible.

Il était sur le point de lui faire remarquer que gérer le

calendrier du personnel ne faisait pas partie de ses attributions quand elle coupa la communication, avant qu'il ait pu ajouter un mot.

Santiago fronça les sourcils. Personne ne lui avait jamais raccroché au nez avant. Son instinct lui criait qu'il venait de commettre une erreur et il se demanda si son offre n'avait pas été une tentative maladroite pour se faire pardonner. De lui avoir pris sa virginité, mais aussi de lui avoir fait perdre son emploi, sans le vouloir. Il l'avait mise en garde : elle ne devait rien attendre de lui. Peut-être cela suffirait-il à la faire changer d'avis et renoncer à venir à Bali.

Ne serait-ce pas la meilleure issue à cette situation ?

5.

Kitty regarda à travers le hublot tandis que l'avion amorçait son atterrissage. Malgré son état d'inquiétude quasi permanent, son cœur s'emballa à la vue du paysage merveilleux qui s'offrait à elle. L'espace d'un instant, elle oublia l'immense fatigue qui l'avait accablée ces derniers jours. Elle allait retrouver Bali la magnifique, ce joyau niché dans les eaux turquoise de l'océan Indien. Même à cette altitude, elle distinguait l'or crémeux des plages et le vert foncé des forêts tropicales. Elle repensa à son dernier séjour sur l'île paradisiaque. Aux exigences excessives de ses employeurs qui l'avaient empêchée de découvrir les lieux. Pourvu que cette fois-ci, elle puisse prendre davantage de repos. Elle en avait vraiment besoin.

Mais le repos n'était pas la raison de sa présence, se rappela-t-elle en posant discrètement ses doigts sur son ventre.

Elle était là pour apprendre à connaître l'Argentin au visage dur qui était le père du petit cœur qui battait en elle.

Elle avait reçu le billet d'avion par mail, puis obtenu son visa de travail temporaire, quelques heures après sa conversation téléphonique avec Santiago. Le vol en classe économique avait été long et éprouvant : seize heures bloquée à côté d'une dame qui avait passé son temps à ronfler et qui lui barrait l'accès aux toilettes. Pas idéal pour commencer un voyage qu'elle redoutait déjà à bien des égards.

Kitty sortit de l'avion dans l'air parfumé, éblouie par la lumière du soleil, et elle eut du mal à se concentrer sur la beauté du paysage car les mots de Santiago résonnaient encore cruellement à ses oreilles.

Si tu espères reprendre là où nous nous sommes arrêtés... c'est hors de question.

Il s'était montré brutal, sans doute pour la dissuader de venir. D'ailleurs, elle ne serait jamais venue sans cette raison essentielle. Elle repoussa une mèche de cheveux qui s'était échappée de sa barrette. Et si Santiago refusait tout simplement de la voir ? Après tout, il était le propriétaire milliardaire de cette station balnéaire. Elle n'allait certainement pas le croiser à la crèche et il pouvait parfaitement l'éviter s'il le souhaitait.

Et alors ?

Serait-elle capable d'annoncer à ce quasi-inconnu qu'il allait être père contre son gré ?

Non. Jamais elle ne ferait ça. Elle savait à quel point les hommes pouvaient se montrer impitoyables et cruels quand on leur présentait un enfant non désiré. Ses doigts se serrèrent sur la poignée de son sac. Elle savait tout du rejet et de l'abandon. Cela n'arriverait pas à son bébé.

Kitty scruta le visage des personnes venues accueillir les voyageurs. Santiago n'était pas parmi elles et elle se réprimanda silencieusement pour sa propre stupidité. Bien sûr qu'il n'était pas là. Qu'avait-elle pensé ? Le voir, tout sourire, avec un bouquet de fleurs exotiques dans les mains ? Elle n'était qu'une inconnue qui s'était jetée dans ses bras.

Elle se dirigea vers un minibus destiné au personnel du Langit Biru. La conductrice était une Australienne joyeuse aux tresses multicolores. La jeune femme lui adressa un sourire amical tandis que Kitty cherchait une place libre pour s'asseoir.

— Coucou, je suis Emily. Et comme tu es ma seule passagère femme aujourd'hui, je suppose que tu dois être Kitty, n'est-ce pas ?

— C'est exact, répliqua Kitty en essuyant son front moite de la main.

— Viens t'asseoir à côté de moi, dit-elle en tapotant le

siège du côté passager. L'air conditionné est bien meilleur à l'avant du bus.

Kitty s'exécuta avec plaisir. Elle avait chaud, soif, et elle était exténuée. Mais surtout, elle se sentait très nerveuse.

— Tu es anglaise ? reprit Emily en démarrant le véhicule.

La véritable explication entraînait inévitablement la conversation dans une direction que Kitty ne voulait pas prendre. Annoncer que vous aviez été abandonnée nouveau-né et que vous ne saviez rien de vos véritables parents était toujours un peu déprimant.

— Je viens d'Angleterre, acquiesça-t-elle.

— C'est ton premier séjour à Bali ?

— En fait, j'étais là il y a quelques semaines. Je travaillais comme nounou pas très loin du *resort*. Mais mon emploi en Angleterre a pris fin et j'ai eu la chance d'en trouver un nouveau ici, à la crèche.

Kitty avait mis au point cette réponse pendant le vol et elle la trouvait assez convaincante. Mais il était temps de changer de sujet. Elle se tourna vers la jeune femme.

— C'est un bon endroit pour travailler, ici ?

Emily pila derrière un camion chargé de pastèques qui venait soudain de s'arrêter.

— C'est fantastique ! s'exclama-t-elle en soupirant. Un endroit paradisiaque. Des plages superbes. Une vie nocturne trépidante. Comment ne pas adorer ?

Kitty hocha la tête.

— J'ai entendu dire que le Langit Biru était l'un des endroits les plus chics de l'île.

— On peut dire ça, confirma joyeusement Emily en redémarrant. C'est aussi l'un des plus écologiques. Et sa conception géniale est due à un certain Santiago Tevez.

La simple mention de ce nom eut un effet dévastateur chez Kitty. Une vague de désir déferla en elle et son cœur se mit à battre si fort dans sa poitrine qu'elle se demanda comment Emily faisait pour ne pas l'entendre.

Les yeux noirs comme le jais et les traits nobles et durs

de Santiago envahirent son esprit sans qu'elle parvienne à les chasser. *Tu n'es pas là pour ça*, pensa-t-elle, furieuse. *Ni pour chercher à revivre cette nuit romantique.* Puis, soudain, elle fut sur le point d'éclater de rire.

Romantique ? Ce qu'elle avait vécu avec Santiago ressemblait à tout sauf à une romance. Elle allait devoir prétendre qu'elle ne le connaissait pas. Comment faire autrement si elle ne voulait pas que ses futurs collègues sachent qu'elle avait couché avec son nouveau patron ?

Lors de cette soirée, ils avaient quitté le bar séparément et personne ne les avait vus ensemble quand elle s'était arrêtée dans le couloir sombre pour envoyer un message à ses amies. Quant à la serveuse qui leur avait apporté leurs cocktails sur la terrasse, elle n'avait pas pu distinguer le visage de Kitty avec précision dans le faible clair de lune. D'ailleurs, peut-être n'avait-elle été qu'une des nombreuses femmes qu'il invitait dans sa suite, tous les soirs de la semaine. Elle serra les poings, se demandant pour quelle raison cette idée la rendait aussi folle.

— Santiago Tevez, répéta-t-elle d'un air détaché, comme si c'était la première fois qu'elle entendait ce nom. C'est le directeur, non ?

— Mmmh. Et bien d'autres choses encore. Entrepreneur, milliardaire et homme le plus sexy de l'île. Pour certaines, de tout l'hémisphère sud, ajouta-t-elle en donnant un coup de klaxon. Voire du monde entier.

— Vraiment ?

— Affirmatif. Argentin de naissance. Un cerveau de génie. Ex-sous-marinier. Un mètre quatre-vingts et bâti comme une figure de mode.

— Waouh !

Kitty sentit sa gorge se nouer lorsqu'elle posa la question qui la brûlait.

— Il a une petite amie attitrée ?

— Non. On dit qu'il brise les cœurs aussi souvent que le chef casse les œufs pour les omelettes du petit déjeuner, ajouta Emily en lui lançant un regard amusé. En tout cas, il ne fraie pas avec le personnel. Crois-moi, nous sommes assez nombreuses à avoir essayé !

Cette dernière phrase, bien qu'énoncée gentiment, résonnait clairement comme un avertissement et Kitty acquiesça en écartant une mèche de cheveux de sa joue. Elle savait à quel point la première image qu'on se fait de quelqu'un est importante et la dernière chose qu'elle voulait était de passer pour une femme en quête d'aventures. Elle étouffa un bâillement en se rappelant qu'elle n'avait pas dormi depuis vingt-quatre heures.

— Je ne suis pas à la recherche d'une relation, fit-elle, parfaitement sincère.

— J'admire ta sagesse. On dirait que tu as besoin de dormir. Je vais te déposer devant ta chambre avec tes bagages. Ta clé attend sur la porte. Ensuite, je te conseille d'aller directement à la crèche pour te présenter. C'est une épreuve quand on est fatigué mais comme ça, ce sera fait.

Kitty hocha la tête. Elle aurait préféré avoir un peu de répit avant de rencontrer ses nouveaux collègues, mais il était vital qu'elle fasse bonne impression. Elle comptait travailler dur et faire profil bas, afin que personne ne se pose de questions sur la vraie raison de sa présence.

Elle remercia Emily et remonta le chemin de gravier avant de pousser la porte de sa chambre. La pièce était minuscule, avec quelques photos de Bali aux murs et un petit lit. La salle de bains attenante n'était guère plus grande et, tandis que Kitty se rafraîchissait après ce long voyage, elle repensa à la seule autre partie du complexe hôtelier qu'elle connaissait en détail. Le souvenir de la douche sensuelle qu'elle avait partagée avec Santiago envahit ses pensées. Désespérée, elle ferma les yeux et, lorsqu'elle les ouvrit à nouveau, le miroir au-dessus du lavabo lui résuma sa propre histoire accablante.

Elle se trouva affreuse. Elle était si fatiguée ! Si seulement elle avait eu le temps de se laver les cheveux et de faire une sieste avant d'aller rencontrer les gens avec qui elle allait travailler…

Combien de temps resterait-elle à Bali ? Non, ce n'était pas le moment de se laisser aller. Elle devait se focaliser sur l'instant présent, sinon elle allait devenir folle. Elle sortit donc de la pièce et tenta de se concentrer sur la jungle luxuriante qui bordait le sentier en suivant un panneau qui indiquait l'emplacement de la crèche.

Celle-ci était colorée et spacieuse, et divisée en sections prévues pour les différents groupes d'âge. Kitty aperçut du matériel à dessin ainsi que de nombreux livres d'histoires, un bac à sable ombragé et une petite piscine, tous deux entourés d'une jolie clôture. Une salle jonchée de matelas devait servir à la sieste et divers instruments de musique étaient disposés dans une pièce séparée.

Les enfants jouaient tranquillement et Kitty fut présentée à l'équipe en service ce jour-là – Dewi, Mawar et Amisha, la responsable –, trois femmes à l'allure chaleureuse et très élégantes avec leurs robes jaune vif.

— Vous commencez demain matin à 8 heures pile, lui annonça Amisha avec un sourire en lui tendant une pile d'uniformes pliés. Là-bas, vous pouvez choisir une paire de sabots assortis.

La couleur de sa robe allait jurer avec celle de ses cheveux mais peu importe l'aspect extérieur, se répéta Kitty avec ferveur. *Et puis je ne suis pas là pour ça.*

Perdue dans ses pensées, elle se dirigeait à nouveau vers sa chambre dans l'intention de se reposer quand elle manqua de percuter un homme en plein milieu du chemin.

C'est alors qu'elle le reconnut.

Santiago Tevez.

Celui qui ne voulait pas d'elle ici.

Ces derniers jours, elle avait moins pensé à lui, trop préoccupée par sa grossesse et se demandant quand celle-ci commencerait à se voir. Les quelques fois où le visage de Santiago s'était imposé dans son esprit, elle l'avait rapidement chassé. Mais elle n'était pas du tout préparée à le revoir en chair et en os.

Elle cligna des yeux.

Avait-elle réellement passé une nuit entière à faire l'amour passionnément avec cet homme ? En le regardant à présent, elle avait du mal à y croire.

Une puissance tranquille émanait de sa large carrure. La lumière du soleil faisait briller ses épais cheveux noirs et sa peau cuivrée. Le cœur de Kitty s'emballa dans sa poitrine et elle se mit à trembler. La première fois qu'elle avait rencontré Santiago, il avait eu un effet similaire sur elle. Mais cela avait été comme une réaction chimique. Une réponse instinctive à l'appel d'un bel inconnu dans un bar. C'était fort et intensément physique, voilà tout. Comme si son corps avait été programmé pour prendre vie lorsque ces yeux sombres l'avaient fixée.

Mais quelque chose avait changé.

Parce qu'elle ne regardait plus simplement celui qui avait été son premier et unique amant.

À présent, elle dévisageait le père de son enfant à naître.

Qui ignorait tout de la situation.

Elle frémit. Même si cela ne se voyait pas encore, elle était terrifiée à l'idée qu'il puisse remarquer une différence chez elle. Et deviner ce qu'il en était.

— Bonjour, Santiago, dit-elle d'une voix mal assurée.

— Bonjour, Kitty.

Pourvu qu'elle ait l'air naturelle… Elle devait se rappeler qu'elle était en mission et qu'il ne fallait surtout pas qu'elle le laisse partir. Pour découvrir enfin qui il était vraiment. Alors, elle mit son épuisement de côté et lui adressa un sourire.

— Tu venais à ma rencontre ?

Elle vit les traits sculptés de Santiago se tendre sous l'effet de sa question.

— J'étais au courant de l'arrivée d'une nouvelle vague de personnel et, dans la mesure où ton embauche ne s'est pas faite selon les voies… habituelles, je me suis dit que je viendrais vérifier si tu t'intégrais bien. Je vois que c'est le cas, acheva-t-il en jetant en bref coup d'œil à la pile d'uniformes qu'elle portait.

Kitty se dit que c'était une façon très alambiquée d'admettre que, *oui*, il était bien venu à sa rencontre, mais à quoi bon alimenter l'étincelle d'excitation qui avait jailli en elle à cette pensée ? Elle leva les yeux vers lui.

— Oui, tout s'est bien passé. Et l'équipe a été très accueillante.

Elle s'interrompit quelques instants avant de reprendre avec un soupir.

— Bon, et concernant la suite ?

Santiago fronça les sourcils.

— Je ne suis pas sûr de comprendre ta question. Tu vas t'occuper des enfants de la crèche et tu seras très bien payée pour cela.

Kitty se doutait qu'il savait parfaitement que ce n'était pas ce qu'elle avait demandés, mais elle tint bon et soutint son regard en souriant.

— D'accord. Merci de l'avoir souligné. Ce que je voulais savoir, c'est si je suis censée te vouvoyer et t'appeler « M. Tevez » lorsque je te croise.

Santiago ne répondit pas tout de suite. Il était trop occupé à se faire à l'idée que Kitty O'Hanlon était sur l'île, alors qu'il ne voulait pas d'elle ici. Du moins, c'est ce que sa raison lui disait, car la chaleur qu'il sentait monter en lui envoyait un message totalement différent. D'ailleurs, pourquoi ses pas l'avaient-ils mené ici ? Peu importe les raisons qu'il avait pu avancer, l'essentiel était qu'il avait voulu la revoir avec une urgence qui l'avait surpris.

La nuit, elle peuplait ses rêves fiévreux, le laissant au matin exsangue et dangereusement excité. Il prit une grande inspiration. Avait-il espéré qu'une deuxième rencontre viendrait à bout de son envie d'elle ? Comment avait-il pu agir de façon aussi irrationnelle ? Une fois de plus, cela n'avait rien à voir avec la logique ou la raison. Il reconnut les signes du désir puissant qui pulsait en lui tandis qu'il prenait conscience de sa proximité.

Pourtant, Kitty avait une mine épouvantable.

La luminosité et la beauté de la flore balinaise ne faisaient qu'accentuer la pâleur de ses traits et des cernes ourlaient ses yeux comme si elle n'avait pas dormi depuis un siècle. Même ses cheveux avaient changé. Ses boucles rousses, retenues par une pince, semblaient ternes en comparaison de la dernière fois. Et elle avait visiblement perdu du poids.

Santiago soupira. S'était-elle languie de lui, comme la plupart des autres femmes ? Il chassa rapidement cette pensée. Pourquoi diable l'avait-il laissée venir ? Maintenant qu'il lui avait donné un travail, Kitty aurait sûrement encore plus de mal à l'oublier.

Il lui avait accordé l'aide qu'elle lui avait demandé, mais à présent, il ne lui devait plus rien.

Rien.

— Il est peu probable que nos chemins se croisent un jour, déclara-t-il froidement. Mais si c'est le cas, ce serait ridicule de m'appeler autrement que Santiago.

Kitty réajusta la pile de robes jaunes sur laquelle reposait son affreuse paire de sabots.

— Tu ne penses pas qu'on pourrait trouver ça bizarre ?

— Bizarre ?

— Que je sois si…

Elle remua les épaules et le balancement de ses seins fut pour lui une vision douloureuse.

— … intime, reprit-elle. Imagine, la dernière arrivée qui tutoie le grand patron…

— Tu vas vite t'apercevoir que l'ambiance est plutôt relax à Bali, fit-il avant de s'interrompre quelques secondes. Mais évidemment, dire que tu me connais ne jouera pas en ta faveur. Pire encore si tu te vantes d'avoir couché avec moi. En fait, je préférerais que tu ne fasses pas référence à notre nuit ensemble.

Elle le fixa comme si elle n'arrivait pas à croire ce qu'il venait de dire.

— Tu crois vraiment que je m'abaisserais à ce point ?

— J'essaie simplement de protéger ta réputation, répliqua-t-il en haussant les épaules.

— N'est-ce pas plutôt la tienne que tu veux protéger ?

Il observa le rouge qui colorait soudain les joues pâles de la jeune femme et ses lèvres serrées lui rappelèrent la passion qu'elle avait montrée dans ses bras. Tout à coup, il fut pris d'une envie folle d'effacer sa colère et de l'embrasser. Pour voir ses lèvres fleurir en s'entrouvrant pour l'accueillir.

Il serra les poings

Sans doute le considérait-elle comme un homme froid et arrogant – ce qu'il était – mais il valait mieux ça plutôt que se forger des fantasmes inutiles à son sujet. Elle devait comprendre que ce qui s'était passé entre eux n'avait été alimenté que par un désir impérieux qu'il valait mieux oublier.

Il se rappela à quel point Kitty était innocente. Manifestement, elle ne savait pas gérer les conséquences d'une relation occasionnelle comme la leur. Elle était étrangère aux jeux subtils et souvent cruels auxquels se livrent les amants et les ex-amants. Et c'était peut-être mieux ainsi.

Le meilleur service qu'il pouvait lui rendre était de rester à l'écart, peu importe à quel point il avait envie de la toucher à nouveau.

— Alors, comment s'est passé ton vol ? demanda-t-il d'un air détaché.

— Bien, répondit-elle sèchement. On était un peu à l'étroit…

— Oh ? répliqua-t-il en levant les sourcils. Tu pensais peut-être que j'allais t'envoyer mon jet privé ?

— Absolument pas. J'ai appris qu'il vaut mieux ne jamais avoir d'attentes dans la vie.

Leurs regards se croisèrent et le trouble qu'il ressentit l'agaça. Car il ne voulait rien ressentir. Les sentiments n'étaient-ils pas pourvoyeurs de souffrance et de difficultés ? Santiago jeta un coup d'œil à sa montre en s'efforçant d'ignorer les battements fous de son cœur et les souvenirs brûlants qui s'imposaient à lui : la sensation de la pénétrer doucement, les faibles gémissements qu'elle poussait quand il la faisait jouir.

— Je dois y aller. C'était bon de te revoir, Kitty. Profite de ton séjour à Bali.

6.

Profite de ton séjour à Bali.

Les mots glacials de Santiago résonnaient encore aux oreilles de Kitty quand elle claqua la porte de sa minuscule chambre. Elle accrocha ses nouveaux uniformes au portemanteau, glissa ses sabots au fond du meuble à chaussures et s'assit sur le bord de son lit étroit.

Son cœur battait la chamade, car même si elle s'était persuadée de ne rien attendre de lui, elle avait quand même espéré un accueil un peu plus chaleureux que l'échange froid qu'ils venaient d'avoir.

Évidemment.

Et quand bien même elle s'était préparée au pire, elle aspirait à quelque chose de mieux pour le bien de son bébé, sinon pour le sien. Mais l'Argentin ne lui avait rien offert de plus qu'un travail, à contrecœur. Il ne voulait pas d'elle ici. Elle avait perçu le regard d'incrédulité qui avait assombri les traits de Santiago quand ils s'étaient retrouvés. Comme s'il ne la reconnaissait pas. Pourtant, c'était bien elle. La vraie Kitty dans sa version la plus simple, en jean et T-shirt, avec ses boucles frisées. Pas la jeune femme en robe fleurie et aux cheveux parfumés qui avait été éblouie par le clair de lune et le contact des lèvres d'un homme. C'était alors la meilleure version d'elle-même, dont il n'avait pas voulu… pourquoi serait-ce le cas à présent ?

Maintenant, la question était de savoir ce qu'elle allait faire.

À la place de Santiago, préférerait-elle savoir au sujet du bébé ?

Mais elle n'était pas à sa place. Elle se rappela sa façon catégorique d'affirmer qu'il ne voulait pas avoir d'enfant. N'était-ce pas là le point essentiel ? Pourquoi lui imposer un rôle de père en sachant qu'il le rejetterait sans ménagement ? Kitty savait mieux que quiconque combien cela pouvait faire mal. Et laisser une cicatrice qui ne guérissait jamais complètement.

Elle décida donc de se plonger dans sa nouvelle vie en faisant le compte de tous les avantages que celle-ci lui offrait.

Elle disposait d'un logement qui, bien que minuscule, était propre et très facile à ranger.

Les repas de la cantine étaient délicieux, même si, le plus souvent, elle ne faisait que picorer car elle souffrait de nausées.

Elle travaillait dans l'un des plus beaux endroits du monde et la crèche était à la hauteur de ses attentes – l'équipe chaleureuse et les enfants, bien soignés et heureux.

Les enfants...

Il lui arrivait de manquer de souffle face au poids du secret qu'elle portait. Hormis son médecin en Angleterre, personne n'était au courant de sa grossesse. Il lui aurait paru incorrect de se confier alors que Santiago lui-même ne le savait pas. Peut-être craignait-elle aussi qu'on ne la croie pas si elle laissait échapper que le père de son enfant à naître était un puissant milliardaire – elle qui n'était rien.

Au bout de quelques jours, elle comprit que Santiago avait tenu parole. Pas une fois ils ne s'étaient à nouveau croisés. Leurs mondes ne s'étaient pas rencontrés.

Après tout, c'était normal. Il était le propriétaire et elle n'était qu'une des innombrables personnes qui y travaillaient. Un petit rouage dans une immense machine. Même si cela lui faisait mal de l'admettre, il y avait une possibilité bien réelle pour que Santiago fasse en sorte de l'éviter.

Elle se passa la langue sur les lèvres.

Combien de temps lui restait-il avant de devoir affronter la réalité ? Quelques jours ? Plusieurs semaines ? Certainement moins. Elle devait résoudre ce problème avant que cela commence à se voir.

Pour se distraire pendant son temps libre, Kitty dessinait dans son carnet de croquis ou elle feuilletait le livre sur la grossesse qu'elle avait emporté. L'ouvrage soulignait l'importance d'une alimentation saine et d'un exercice physique régulier et elle prenait ces consignes très au sérieux.

Chaque jour avant d'aller au travail, elle enfilait donc son maillot de bain, émerveillée par la beauté du ciel flamboyant qui se parait de nuances d'or, de pourpre et de rose. Puis elle se rendait à la plage voisine, toujours déserte à l'aube. Là, elle cheminait sur le sable doux jusqu'aux eaux turquoise et elle nageait le crawl en suivant la ligne du rivage. Elle trouvait de l'apaisement dans cette activité qui lui redonnait des forces et lui faisait oublier ses soucis, ne serait-ce qu'un moment.

Ce fut le sixième matin après son arrivée – son premier jour de congé –, alors qu'elle sortait la tête hors de l'eau, qu'elle s'aperçut que la plage n'était plus déserte. Un homme l'observait et, même à cette distance, elle le reconnut immédiatement.

Ses cheveux noirs ébouriffés par la brise, Santiago se tenait aussi immobile qu'une statue près de la serviette qu'elle avait étalée sur le sable blanc. Kitty fut partagée entre la crainte et l'envie irrésistible de le revoir. Le poids de son secret s'ajoutait au fait qu'elle ne représentait rien pour lui et qu'il était peu probable que leur histoire connaisse une fin heureuse.

Mais elle devait saisir cette occasion unique de mieux le connaître. Elle sortit donc de l'eau et se retint de poser les questions prévisibles qui affleuraient à ses lèvres : ce qu'il faisait là ou ce qu'il voulait. Elle décida d'être aussi aimable que possible et marcha dans sa direction, fascinée par la vision de cet homme au physique viril, vêtu d'un jean délavé et d'un T-shirt noir qui mettait en valeur la musculature de son torse. Tout en s'avançant vers lui, elle sentit ses mamelons picoter, comme s'ils se rappelaient qui leur avait donné autant de plaisir.

— Tu t'es levé tôt, dit-elle, un peu essoufflée.

— Toi aussi.

— J'aime bien nager avant de commencer ma journée à la crèche. C'est l'un des avantages qu'il y a à travailler ici : profiter d'une plage sublime sur le pas de ma porte.

Son regard sombre la transperça et, malgré la chaleur du soleil levant sur sa peau, Kitty ne put réprimer un frisson.

— C'est ton jour de congé, n'est-ce pas ? demanda-t-il doucement.

Elle se pencha pour ramasser sa serviette, troublée par l'expression de plaisir qui s'affichait sur le visage de Santiago.

— Comment le sais-tu ?

Il haussa les épaules.

— J'ai accès à tous les plannings du personnel.

Kitty ne put s'empêcher d'esquisser un sourire.

— Et vous connaissez les horaires de travail de tous vos employés, n'est-ce pas, monsieur Tevez ?

— Non. Seulement les tiens.

Elle se força à soutenir son regard et la flamme qu'elle vit briller dans ses yeux noirs la troubla tant qu'elle saisit sa robe de plage et s'en vêtit, de peur qu'il ne remarque que ses tétons avaient durci sous l'effet de sa remarque.

— Pourquoi ?

Il y eut une pause suffisamment longue pour que la tension qui planait entre eux atteigne une intensité qui manqua de lui faire perdre la raison.

— Tu sais pourquoi, répondit Santiago à voix basse.

Kitty prit une grande inspiration. Il avait déjà agi ainsi auparavant. Comme si tous deux partageaient une sorte de langage intime qui ne nécessitait aucune autre explication. Mais c'était trompeur, car cela l'avait poussée à croire que ce qu'ils avaient était spécial. Or ce n'était qu'un désir chimique. Et Kitty n'avait pas l'intention de jouer à ce jeu. Pas une nouvelle fois. Elle n'allait pas tomber dans ses bras et faire l'amour avec lui juste parce qu'il la désirait.

Même si elle en mourait d'envie.

— Je crains que non, répliqua-t-elle en soutenant son regard avec un air interrogateur.

À nouveau, le silence s'installa entre eux jusqu'à ce que Santiago reprenne la parole. Juste avant cela, elle crut lire dans son regard une lueur nouvelle qui ressemblait à de l'admiration. Comme s'ils venaient de se livrer une bataille muette et que, contre toute attente, elle en était sortie victorieuse.

— Parce que je n'arrive pas à te sortir de mon esprit, lança-t-il sèchement en haussant les épaules.

— Ça n'a pas l'air de t'enchanter.

— Non, en effet. Tu n'es pas mon genre.

— Tu n'es résolument pas le mien non plus.

— Comment pourrais-tu avoir un genre d'homme ? Tu étais vierge, *rojà*, fit-il remarquer d'un ton ironique.

Le surnom qu'il lui avait trouvé lui plaisait beaucoup mais Kitty essaya de ne plus y penser. Santiago était décidément doué pour créer l'illusion d'une intimité, alors qu'en réalité il n'y avait rien de concret entre eux. Hormis un simple flirt sans conséquence. Les hommes devaient sans doute user de ce genre de badinage auprès des femmes à qui ils avaient fait l'amour.

— Tu me critiques pour mon inexpérience ?

— Au contraire, répondit-il en baissant le regard vers elle. Je soupçonne même que ton innocence est en grande partie responsable de ton charme.

— Ce n'est pas très flatteur.

— Je suis honnête avec toi, Kitty. Je le suis toujours avec les femmes. Ça évite les malentendus. Maintenant, la question est de savoir où nous allons.

— En ce qui me concerne, je vais retourner me changer dans ma chambre, puis je compte prendre un bus pour aller visiter Bali.

Il eut l'air surpris, comme s'il s'était attendu à une réponse différente. Sans doute était-il habitué à ce que les femmes se jettent dans ses bras à la moindre occasion. Après tout, c'est ce qu'elle avait fait, elle aussi.

— Je peux te faire visiter l'île moi-même, suggéra-t-il lentement, comme si l'idée venait de surgir dans son esprit.

Kitty hésita car elle savait que le fantasme ridicule qu'elle avait entretenu avant de savoir qu'elle portait son enfant n'était pas enfoui très loin. N'avait-elle pas rêvé qu'il saute dans un avion pour la rejoindre à Londres et lui avouer qu'il ne pouvait vivre sans elle ? Elle secoua ses cheveux mouillés, envoyant des gouttelettes d'eau de mer dans toutes les directions. Quel genre de folle pouvait imaginer un scénario aussi farfelu ?

Elle.

Kitty O'Hanlon, la fille la plus naïve et inexpérimentée de tout Bali. Aurait-elle eu la force de rejeter sa proposition si elle n'avait pas été enceinte ? se demanda-t-elle. Mais elle l'était et, bien entendu, cela influençait sa réponse. Elle désirait connaître davantage Santiago, pour savoir si elle pouvait lui parler du bébé. Elle voulait découvrir s'il était fondamentalement un homme bon. Respectable. Et gentil.

Qu'arriverait-il si ce n'était pas le cas ?

Elle ne put réprimer un frisson. Elle verrait ça plus tard.

— C'est d'accord, déclara-t-elle d'un ton détaché. Mais avant, je dois repasser chez moi, prendre une douche et me laver les cheveux.

Elle vit qu'il serrait les mâchoires et elle devina la tension palpable de son corps. Cela signifiait-il qu'il la désirait toujours ? Pourtant, ce n'était pas pour cette raison qu'elle venait d'accepter sa proposition. Mais comment annoncer à un homme que vous n'allez pas faire l'amour avec lui, quand chaque centimètre carré de votre corps le réclame avec passion ? Et que vous avez autre chose à lui avouer. Quelque chose qu'il n'a pas envie de savoir.

— J'ai des coups de fil à passer, maugréa-t-il. Je te retrouve devant l'entrée principale à 10 h 30. Prévois une paire de chaussures confortables.

Sur ces mots, il se retourna et s'éloigna, ses pieds nus laissant des empreintes dans le sable tandis que sa silhouette disparaissait progressivement à l'horizon.

Assis dans sa voiture, Santiago tambourinait impatiemment sur le volant tout en jetant des coups d'œil nerveux à sa montre. Pourtant, Kitty n'était pas en retard. C'est *lui* qui était en avance et c'était une première. Deux domestiques et le responsable des ressources humaines s'étaient déjà arrêtés à côté de sa décapotable pour lui demander s'il voulait ou s'il avait besoin de quelque chose.

La réponse à la première de ces questions était oui. Il avait très envie de faire à nouveau l'amour à Kitty O'Hanlon, mais il n'était pas sûr que ce désir soit assez puissant pour se transformer en *besoin*.

Bien sûr que non. Il se força à détourner ses pensées de cette rousse aux formes pleines qui faisait dangereusement grimper sa tension pour se concentrer sur la maxime qui avait toujours régulé sa vie.

Faire en sorte de ne *jamais* éprouver de besoin.

Il enfonça ses doigts dans le cuir du volant, comme pour le réduire en poussière.

Le besoin rendait les hommes faibles.

Faibles et pathétiques. Il les transformait en perdants. Comme son père.

Santiago ferma brièvement les yeux pour chasser l'image de celui qui l'avait élevé. Mais les images étaient parfois comme des taches indélébiles qui s'attardent dans les recoins de votre esprit sans qu'on parvienne à les effacer. Il en allait ainsi des souvenirs de son enfance ou de la terrible déception causée par sa mère.

À bien des égards, la lumière de Bali avait contribué à balayer une partie des ténèbres qui avaient obscurci son âme pendant si longtemps. C'était l'une des raisons pour lesquelles il avait choisi de passer autant de temps ici – ça et le fait que personne ne l'ait connu à l'époque censément privilégiée où il fréquentait les hautes sphères de Buenos Aires. Les gens d'ici auraient eu du mal à reconnaître le Santiago Tevez qu'il avait été. Le riche héritier qui s'était engagé dans la marine argentine avant d'exceller dans tous les domaines. L'homme qui avait appris à camoufler sa souffrance derrière sa réussite.

Mais en cet instant précis, il n'était plus tout à fait sûr de savoir *qui* il était. Il ne s'était pas envolé comme prévu ce matin pour l'Australie afin de superviser les finitions de la ferme solaire géante qu'il avait conçue et – même s'il avait du mal à l'admettre – il savait exactement pourquoi. Une agitation nouvelle l'avait gagné et elle était directement liée à Kitty O'Hanlon. La savoir ici, tout près, à portée de main, le rendait fou. Mon Dieu, il mourait d'envie de la toucher. De poser ses doigts affamés sur son corps ferme et doux. De venir profondément en elle à nouveau.

Il avait tenté de se raisonner pour échapper à la trajectoire sauvage de ses pensées et cherché dans son carnet d'adresses une amante torride pour oublier cette innocente aux grands yeux qui faisait naître en lui des sentiments qu'il rejetait de toutes ses forces. Ils auraient navigué sur son yacht jusqu'à Kangaroo Island où il aurait réservé une suite dans son hôtel préféré. Là, dans un vaste lit avec vue sur la mer, ils auraient revisité des plaisirs anciens. Mais tandis qu'il faisait défiler les noms de ses ex dans son répertoire, il s'était aperçu qu'aucune des avocates, mannequins ou riches héritières qu'il avait connues ne le tentait. Il était hanté par le souvenir de Kitty O'Hanlon et de la meilleure nuit de sexe de toute sa vie.

En lui donnant un travail ici – à sa demande –, il avait craint qu'elle ne devienne une sorte de nuisance. Il avait deviné la déception dans les yeux de la jeune femme lorsqu'il lui avait annoncé qu'ils ne se croiseraient pas et il s'était attendu à la voir traîner dans le complexe dans l'espoir d'une rencontre « forfuite ».

Mais cela n'était pas arrivé. Elle était restée invisible. Par une simple requête à son assistante – qui travaillait pour lui depuis suffisamment longtemps pour savoir qu'il ne fallait jamais poser de questions –, il avait obtenu toutes les informations dont il avait besoin sur Mlle O'Hanlon.

Kitty était populaire auprès du personnel et des enfants

et elle se tenait à l'écart du monde. Elle occupait son temps en dessinant des fleurs dans les vastes jardins tropicaux du Langit Biru ou en se baignant régulièrement dans la mer, au lever du soleil. Apparemment, elle avait même proposé de remplacer une collègue malade pour rendre service. Était-ce trop beau pour être vrai ? s'était-il demandé avec humeur.

Le fait qu'elle n'ait pas cherché à le contacter l'avait intrigué, lui qui était habitué à ce que les femmes lui courent après sans vergogne. Dans un sens, il préférait ça, car au moins, il savait à quoi s'en tenir avec elles.

— Je ne suis pas en retard, j'espère ?

Santiago était tellement perdu dans ses pensées qu'il n'avait pas vu Kitty arriver. La jeune femme ouvrit la porte côté passager, provoquant la consternation du voiturier le plus proche qui pensait clairement que ce rôle lui était dévolu.

— Non, répondit-il, amusé.

Il lui jeta un regard rapide tandis qu'elle se glissait sur le siège à côté de lui. Suivant ses conseils, elle avait mis une paire de baskets et elle portait un short qui laissait voir ses jambes fines et galbées, ainsi qu'un simple T-shirt qui ne parvenait pas à dissimuler la courbe pleine de ses seins. Était-ce son imagination, ou avaient-ils l'air plus gros que dans ses souvenirs ?

— Mets ta ceinture, indiqua-t-il d'une voix douce.

— C'est bon, Santiago. Je suis déjà montée dans une voiture, tu te souviens ? D'ailleurs, ce n'était pas la même, ajouta-t-elle en rougissant.

— En effet. Bravo pour ton sens de l'observation.

— Combien en as-tu ?

— Celle-ci est à moi. L'autre appartenait à l'hôtel. Tu veux un compte rendu de tout ce que je possède avant que nous partions ? fit-il en la regardant.

— Tu penses que ta richesse m'intéresse ?

— Tu serais une femme très singulière si ce n'était pas le cas.

— Pfff. Tu pourrais avoir un million de voitures que ça ne m'impressionnerait pas.

— Ça n'irait pas trop avec ma position officielle d'écologiste, n'est-ce pas ? répliqua Santiago en souriant.

— Je n'ai pas de voiture, fit Kitty pensivement. En fait, je n'ai même pas mon permis de conduire…

— Sérieusement ? s'exclama-t-il en démarrant le moteur. Comment est-ce possible ?

— C'est facile à expliquer. Même si j'avais les moyens de m'en offrir une – ce qui n'est pas le cas –, j'habite dans une ville où les parkings sont hors de prix, sans parler des leçons de conduite.

En l'entendant, Santiago mesura le fossé qui séparait leurs existences, et cela lui rappela à quel point ils étaient mal assortis. Il jeta un coup d'œil dans le rétroviseur, furieux du tumulte de ses pensées. Il aimait garder le contrôle de sa vie et surtout, de ses émotions, qu'il détruisait systématiquement dès leur apparition, avec une satisfaction immense.

Jusqu'à maintenant.

Il avait du mal à définir l'impact que cette rousse avait sur lui. Il sentait juste que c'était profond. Et que cela le troublait. Sans doute que cette tension retomberait une fois qu'il aurait recouché avec elle. Il esquissa un sourire. Bien sûr que oui. Il n'était là que pour ça, après tout, n'est-ce pas ?

— Prête ?

— Bien sûr, répondit-elle.

Il trouva qu'elle avait l'air tendue. Comme si elle était consciente de leur puissante alchimie et qu'elle la regrettait presque autant que lui.

7.

— Tu as l'air mieux.

Kitty fixa la table du restaurant d'un air un peu coupable quand la voix aux accents riches de Santiago interrompit sa rêverie. Elle se demanda si elle s'était plongée dans ses pensées parce qu'il la mettait mal à l'aise. C'était possible. Son cœur avait balancé toute la journée entre l'excitation qu'il lui faisait ressentir et la crainte au sujet de ce qu'elle ne lui avait pas dit. Son secret pesait plus lourd à chaque seconde qui passait. C'est pourquoi il lui semblait plus sûr de contempler le paysage captivant plutôt que de regarder l'homme assis en face d'elle, dont la beauté stupéfiante avait fait tourner toutes les têtes du restaurant lorsqu'ils étaient entrés.

Avec la lumière du soleil qui se reflétait sur ses cheveux d'ébène et sa peau qui brillait comme de l'or bruni, Santiago dégageait un magnétisme hors du commun. Mais aussi un soupçon de danger qui n'était jamais loin et qu'elle voyait briller dans l'éclat dur de ses yeux. Comme un signal pour l'avertir qu'il ne fallait pas sous-estimer le milliardaire argentin.

Pourtant, malgré ses doutes, jamais elle ne s'était sentie aussi vivante qu'aujourd'hui. Tout lui avait semblé plus intense que d'habitude, comme si ses sens avaient été affûtés. Les couleurs, plus vives. Le chant des oiseaux, plus mélodieux. La nourriture avait un goût divin. Elle faillit se pincer plusieurs fois pour vérifier que cette île existait vraiment.

Ils avaient traversé de verdoyantes rizières en terrasses, des montagnes escarpées, et ils s'étaient promenés dans la beauté luxuriante et impénétrable de la jungle. Ils s'étaient arrêtés devant des temples ornés de fleurs où des statues déversaient de l'eau dans des bassins. Kitty avait vu d'immenses digues vertes couvertes de petites plantes et des ponts pittoresques qui enjambaient des rivières argentées. Partout où ils allaient, les habitants de l'île les accueillaient chaleureusement, tandis que l'odeur d'encens imprégnait tout de son parfum épicé. Bali était décidément un paradis terrestre.

Mais tout paradis recelait des serpents. Peu importait l'éclat du soleil ou la perfection des plages, des ombres se cachaient toujours en arrière-plan. Et la plus sombre de toutes était le secret qui battait dans le cœur de Kitty.

Ils étaient assis sur les sièges bas d'un restaurant chic, au sommet d'une colline qui jouissait d'une vue imprenable sur la jungle. Devant eux était disposé un festin composé de crêpes grillées fourrées de mangue et de noix de coco et de tranches scintillantes de fruit du dragon. Kitty se régala de ces mets avec enthousiasme, notant avec surprise que son appétit était revenu.

Mais la remarque de Santiago éveilla sa méfiance.

— J'ai l'air mieux que quoi ? répondit-elle prudemment. Qu'est-ce qui n'allait pas avec mon apparence, la dernière fois ?

Il la fixa de ses yeux noirs avec une intensité qui la troubla.

— Tu veux que je sois honnête ?

— S'il te plaît.

— À ton arrivée, tu avais l'air lessivée. Comme si tu n'avais pas dormi depuis des siècles. Et il m'a semblé que tu avais perdu du poids, acheva-t-il en fronçant les sourcils.

Kitty retint son souffle devant cette évaluation si précise. Comment réagirait-il si elle se montrait aussi sincère que lui ?

Tu as raison. J'ai perdu plusieurs kilos, mais bizarrement mes seins, eux, ont grossi. Je suis aussi malade à certains moments de la journée, ce qui, apparemment, est parfaitement normal quand on est enceinte.

Impossible. Ce serait trop bizarre de lui annoncer cela ici et maintenant.

Il fallait d'abord qu'elle en sache davantage à son sujet.

— J'ai perdu l'appétit en même temps que mon travail.

En un sens, c'était la pure vérité.

— Je vois…

Elle s'adossa aux coussins, tentant de dissimuler sa soudaine nervosité. Comment soumettre un homme tel que lui à un interrogatoire ? Un milliardaire dont la vie ne pouvait être plus éloignée de la sienne. Qui possédait des stations balnéaires, des jets privés, et qui employait des milliers de personnes.

Pourtant, leurs destins étaient maintenant liés, qu'elle le veuille ou non. Et leurs échanges s'étaient enrichis au cours de la journée, tandis qu'il lui faisait découvrir les plus beaux endroits de l'île. Pour Kitty, il était davantage qu'un guide touristique et elle n'était plus seulement quelqu'un qu'il avait employé par nécessité…

Même s'il ne le savait pas encore.

— Alors, comment as-tu fini par atterrir à Bali ? demanda-t-elle en souriant.

Santiago s'appuya contre le dossier en bambou et réfléchit quelques secondes avant de répondre.

— Peut-être ai-je trouvé l'endroit aussi magique que tu sembles l'avoir pensé aujourd'hui.

— C'est donc ça ? Un simple coup de foudre pour l'île ?

— Non, Kitty, répliqua-t-il avec un petit rire cynique. Pour m'impliquer, il me faut quelque chose de plus concret qu'une simple attirance. J'ai vu là une occasion et je l'ai saisie.

— Une occasion financière ?

— Y en a-t-il un autre type ?

— Je ne saurais le dire. Je n'ai jamais vraiment compris le monde des affaires, fit-elle. Raconte-moi comment tu as commencé.

— J'imagine que tu as effectué des recherches sur moi avant de venir ici, n'est-ce pas ? questionna-t-il en posant son bras sur le dossier du siège, ce qui fit ressortir ses épaules musclées sous la chemise en soie.

— J'ai essayé, admit-elle en rougissant. Mais il n'y avait

quasiment aucune information, ce que j'ai trouvé surprenant, compte tenu de ta réussite.

Santiago observa la lumière qui faisait briller les cheveux satinés de la jeune femme. Il s'était dit que son cynisme habituel découragerait sa curiosité, car il n'aimait pas parler de lui, mais elle lui avait répondu honnêtement et cela le toucha.

— Je paie des gens très cher pour contrôler mon profil sur Internet, dit-il.

Les informations qu'on trouvait à son sujet étaient authentiques mais succinctes. Comme le fait que son père et sa mère étaient morts. Quant à son parcours inattendu, après une enfance passée dans le luxe, il était résumé en une simple phrase : une brillante carrière militaire.

Le seul aspect de sa vie dont il était fier, d'ailleurs.

— J'ai été dans la marine. Mais tu le sais probablement déjà.

Kitty hocha la tête et, quand elle entrouvrit légèrement les lèvres, il fut pris d'une envie folle de l'embrasser.

— Ça t'a surprise ? demanda-t-il en sentant son sexe durcir.

— Un peu, avoua-t-elle.

— Tu as du mal à m'imaginer en uniforme, c'est ça ?

Le rose qui colora les joues de la jeune femme en guise de réponse fit monter son désir d'un cran. Son pouls s'accéléra.

— Et la marine t'a plu ? demanda-t-elle comme si elle était déterminée à ignorer la tension sexuelle qui s'était installée entre eux.

Santiago soupira. C'était une question trop vague pour un sujet aussi complexe. Les règles militaires étaient très strictes, mais il s'était épanoui dans cette culture spartiate. Il avait adopté un rythme rigoureux d'exercices quotidiens qui avaient rendu son corps aussi dur que du fer et qu'il avait poursuivis depuis. Lui, qui était par nature dominant, avait même apprécié un temps le fait d'obéir aux règles. Celles-ci n'avaient-elles pas apporté la discipline qui manquait depuis si longtemps à sa vie prétendument privilégiée ?

— J'ai vu ce que je devais faire pour progresser. Et je suis devenu sous-marinier. Une position très prisée dans la marine, ce qui m'a toujours paru curieux, sachant que cela implique des mois sous la mer, privé de toute interaction avec le monde extérieur, acheva-t-il en riant.

Elle fit glisser le bout de sa langue sur la courbe de sa lèvre inférieure et, une fois de plus, il se retint de l'embrasser.

— Tu n'as pas souffert de claustrophobie ?

— Bizarrement, jamais. C'était un défi de survivre dans un univers aussi confiné, et j'aimais ça.

Santiago n'avait pas non plus été découragé par la routine monotone de la vie sous-marine, avec ses submersions imprévisibles et la conscience permanente des conséquences mortelles qu'une défaillance mécanique ou une erreur humaine peuvent avoir. Cela avait renforcé sa certitude dans le fait qu'il pouvait vivre heureux sans attaches. Il avait fini premier de sa classe, et ses supérieurs avaient jugé qu'il possédait les qualités nécessaires pour devenir un grand officier.

Il avait néanmoins quitté la marine, mais l'expertise qu'il avait acquise s'était avérée inestimable. Il avait commencé à poser des câbles au fond de l'océan et avait entrevu une aubaine, à l'autre bout du monde. L'océan Indien était loin de l'Argentine, ce qui lui convenait parfaitement. Avec le temps, il avait pratiquement coupé les ponts avec son pays natal.

Kitty enroula distraitement une mèche de cheveux autour de son index et il l'observa, fasciné.

— Comment es-tu passé du statut de sous-marinier à celui de…

— D'homme d'affaires ? poursuivit-il en lui lançant un regard moqueur.

— Si c'est comme ça que tu aimes te définir, répondit-elle en haussant les épaules.

Santiago fronça les sourcils. Y avait-il une légère réprimande dans sa voix douce ?

— J'ai commencé dans les télécommunications, expliqua-t-il lentement. L'industrie en était à ses débuts et j'ai eu de la chance. Le bon endroit au bon moment. J'ai gagné beaucoup d'argent et je l'ai investi dans le secteur émergent des loisirs écologiques.

Il y eut un instant de silence et Santiago se demanda si Kitty allait changer de sujet, mais ce ne fut pas le cas.

— Tes parents ont dû être très fiers.

— Mon père était mort à ce moment-là, répliqua-t-il sans ambages.

— Tu étais… en bons termes avec lui ?

Il ne s'attendait pas à cette question de la part d'une femme qui le connaissait à peine, sinon il aurait sans doute été mieux préparé à y répondre – en éludant le sujet.

— C'est ce que je pensais, fit-il brutalement. Je me trompais.

— Et ta mère…

— Non, Kitty, coupa-t-il.

Santiago secoua la tête, conscient que tout son corps se tendait. Ce n'était pas pour cela qu'il l'avait amenée ici. Il n'avait pas l'intention de la laisser découvrir progressivement qui il était vraiment et, de toute façon, elle serait déçue. Il n'avait pas changé depuis sa période glorieuse dans la marine. Il était toujours ce bourreau de travail et cette machine sans cœur, comme on le lui avait souvent reproché.

Leur tour de l'île avait été un préliminaire acceptable à ce qui était devenu une obsession depuis qu'il l'avait aperçue ce premier jour avec sa pile d'uniformes jaunes dans les bras et ses cheveux de feu. Mais elle devait savoir que rien n'avait changé. Il avait une envie terrible de lui faire l'amour. Rien de plus. Si elle admettait qu'elle partageait ce désir, personne ne souffrirait.

— Assez parlé du passé, Kitty, dit-il brutalement. En fait, assez parlé tout court. As-tu assez mangé et bu ?

— Euh… oui.

— Alors, allons-y.

Il nota l'air découragé qui s'affichait sur le visage de la jeune femme quand elle se leva. Elle devait certainement penser qu'il s'était lassé de sa compagnie, mais c'était une stratégie délibérée de sa part. Elle devait à tout prix comprendre qu'il ne serait jamais un élément stable dans sa vie. Il ne tenait pas à la blesser, et sa douceur et sa gentillesse le touchaient. Il n'avait jamais couché avec une femme aussi innocente qu'elle et son instinct lui disait qu'elle n'avait pas connu d'homme depuis la nuit qu'ils avaient passée ensemble.

Mais après tout, n'était-ce pas le cas pour lui aussi ? À l'idée de déshabiller une autre femme, il était pris d'une sorte de répulsion. Il se souvint du corps de Kitty s'ouvrant à lui, comme les pétales d'une fleur séduite par la lumière chaude du soleil. Santiago fronça les sourcils.

Que lui arrivait-il ?

Depuis quand de telles pensées pénétraient-elles son esprit qui avait pourtant toujours rejeté le moindre sentiment ? Cette attirance puissante était-elle juste un besoin de la posséder ou était-ce lié au fait que Kitty était nouvelle dans son paysage ? Contrairement aux femmes qu'il fréquentait habituellement, elle n'avait pas encore pris la mesure de son potentiel et du véritable pouvoir de sa sexualité. S'il mourait d'envie d'explorer ces merveilles sensuelles avant qu'un autre le fasse, elle devait comprendre que cela s'arrêterait là et que les limites étaient clairement posées.

Il serra les mâchoires. Jamais il ne s'impliquerait dans une relation, avec son aboutissement ultime et le pire à ses yeux : avoir un enfant.

Il attendit qu'elle soit près de la voiture avant de se tourner vers elle pour la regarder en face. Les yeux verts de Kitty brillaient d'une lueur de méfiance, mais ses lèvres entrouvertes semblaient prêtes à réclamer un baiser. S'il avait été le genre d'homme à se laisser aller à des effusions en public, il aurait penché la tête et l'aurait embrassée, car il en mourait d'envie. Mais il parvint à se retenir.

— Je crois que nous en avons assez vu pour aujourd'hui, n'est-ce pas ? Tu veux que je te ramène à ta chambre ou tu préfères que je te dépose ailleurs ?

Kitty résista à l'envie de se mordiller la lèvre, de peur d'avoir l'air anxieuse – ce qu'elle était, et pas seulement parce que Santiago était manifestement impatient que la journée se termine. Elle n'avait quasiment rien découvert à son sujet qu'elle ne savait déjà. Il s'était un peu ouvert, puis refermé aussitôt. Elle avait vu son visage s'assombrir quand il avait parlé de son père et il avait clos la discussion dès que sa mère avait été évoquée. L'espace d'un instant, Kitty avait oublié la raison de sa présence, car l'expression de Santiago était sous-tendue par une souffrance qu'elle reconnaissait trop bien. Elle avait voulu le serrer dans ses bras et lui expliquer qu'elle comprenait parfaitement ce qu'il ressentait.

— Je crois qu'il est temps de regagner ma chambre, dit-elle en songeant qu'elle aurait d'autres occasions d'apprendre à mieux le connaître. La journée a été longue.

— Ou alors, tu pourrais venir prendre un apéritif avec moi, proposa-t-il en plongeant ses yeux sombres et impénétrables dans les siens. Je n'ai pas besoin de te dire combien les couchers de soleil sont magnifiques à Bali…

— Eh bien, figure-toi que je n'en ai pratiquement vu aucun lors de mon dernier séjour. Le soleil se couche tôt ici et, en général, cela avait lieu pendant le bain des enfants et le gin tonic de Rupert et Camilla… Tu me proposes de venir boire avec toi… au Langit Biru ?

— Non, Kitty, répondit-il en souriant. Je ne pense pas que ce serait une bonne idée de croiser tes collègues…

— Je croyais que… c'était là que tu vivais. Dans la suite présidentielle. Là où nous… nous…

— Non, coupa-t-il. J'y dors parfois quand je travaille au *resort*, mais je possède une autre maison à l'autre bout de l'île.

— C'est donc là, chez toi ?

— Je n'ai pas de *chez-moi*, Kitty, fit-il un peu brusquement. Je loue des maisons dans les endroits où je séjourne, voilà tout.

— À Buenos Aires ? tenta-t-elle.

— Non, pas là-bas, dit-il en secouant la tête. Je ne suis pas retourné en Argentine depuis des années.

Si Kitty n'avait pas été enceinte, elle se serait enfuie à toute vitesse en entendant les propos de Santiago car, de toute évidence, celui-ci rejetait toute forme d'engagement avec les femmes – et avec elle en particulier. Mais elle attendait son enfant. Et elle ne le lui avait toujours pas dit. Elle passa sa langue sur ses lèvres. Elle *devait* le faire sans tarder.

— En fait, j'adorerais boire un verre, déclara-t-elle, et elle nota la lueur de victoire qui brilla dans le regard de Santiago quand il ouvrit la portière de sa voiture pour l'inviter à s'y installer.

Avait-il pris sa réponse comme une acceptation tacite à l'idée de refaire l'amour avec lui ? Dans quel pétrin était-elle en train de se fourrer ? Il fallait à tout prix qu'elle parvienne à étouffer le désir qu'elle sentait monter en elle comme une vague. Pas question d'envoyer un signal erroné. Aux yeux de Santiago, elle n'aurait jamais dû être plus qu'une aventure d'un soir et elle n'allait pas répéter cette erreur.

Elle posa les doigts sur son ventre.

Elle ne pouvait se le permettre.

Mais tout semblait se liguer contre sa volonté. D'abord, Santiago s'installa au volant et il mit une musique sensuelle qui la fit frémir d'impatience sur son siège. Puis elle découvrit sa villa spectaculaire, perchée entre ciel et mer, qui donnait l'impression d'être en communion avec les deux éléments.

Ce soir, nulle serveuse ornée de fleurs pour leur déposer des cocktails sur un plateau. Au lieu de cela, Santiago alla leur préparer un verre dans la cuisine tandis qu'elle se rendait dans la salle de bains pour se rafraîchir. Son cœur s'emballa lorsqu'elle ferma la porte et regarda autour d'elle. La pièce était couverte de miroirs qui lui renvoyaient son image, sans qu'elle puisse leur échapper.

Qui était cette femme au visage pâle constellé de taches de rousseur ? Aux yeux verts si brillants qu'ils en devenaient… sauvages ? Elle regretta d'avoir mis un short, ainsi que ces baskets si peu élégantes. Surtout, elle aurait aimé ne pas porter en elle ce secret qui lui faisait l'effet d'une bombe prête à exploser.

Elle se lava les mains et le visage, retira le chouchou de ses cheveux et passa un peigne dans ses boucles emmêlées. Puis elle prit une grande inspiration pour se préparer à affronter Santiago Tevez.

Elle rangea son peigne dans son sac.

Quelle impression avait-elle tirée de lui, au terme de cette journée ? Eh bien, malgré son arrogance et son air détaché, il lui avait semblé relativement décent. On ne pouvait pas lui reprocher de ne pas se comporter correctement.

Il lui avait dit qu'il était heureux dans sa vie de célibataire. Pas de problème, elle ne cherchait pas à se marier. Il avait déclaré qu'il ne voulait pas d'enfant. C'était plus préoccupant. Ou pas. Tout dépendait de la façon dont on voyait les choses. Elle non plus n'avait pas prévu d'avoir un bébé, mais le fait est que ce dernier était maintenant en route. Même s'il ne souhaitait pas être père, Santiago proposerait peut-être son soutien ?

Kitty devait penser à l'avenir. Elle ne resterait pas éternellement à ce poste, dans cet endroit exotique. Tôt ou tard, il faudrait s'occuper des aspects pratiques de sa situation. Où allait-elle vivre avec son bébé, et comment ? C'est peut-être là que Santiago pourrait l'aider. Il était suffisamment fortuné pour assurer le bien-être de son enfant. Il n'était pas question d'une vie de luxe, avec des yachts, des suites ou des diamants. Seulement d'un quotidien confortable : un lieu où vivre et de quoi se nourrir.

Elle avait prévu de mieux connaître Santiago avant de lui annoncer sa grossesse mais à présent, elle comprenait que ce ne serait pas facile. Et comment découvrir quel genre d'homme il était vraiment quand leurs chemins se croisaient si rarement ? Elle n'allait tout de même pas se présenter à son bureau, vêtue de son affreuse robe jaune et des sabots assortis, pour lui annoncer la nouvelle…

Aujourd'hui, il avait été plutôt aimable et prévenant. C'était le moment ou jamais de lui parler. Elle n'aurait peut-être pas d'autre occasion.

Kitty s'efforça de calmer son cœur affolé et elle prit une grande inspiration avant de sortir de la salle de bains pour aller le retrouver sur la terrasse. La vision qui s'offrit à elle lui coupa le souffle.

Santiago était debout, devant un ciel flamboyant de rouge et d'or. À côté de lui, sur une table basse en mosaïque, il avait disposé une bouteille de champagne et deux coupes en cristal. Cette fois encore, elle fut gagnée par un sentiment d'incrédulité, comme si elle était au milieu d'un film.

L'expression qui s'afficha sur le visage de Santiago quand il la vit s'avancer vers lui était pourtant réelle et exprimait une satisfaction indéniable. Après tout, elle avait bien le droit de savourer cet instant de plaisir féerique avant de faire exploser la bombe à retardement.

Après coup, elle se demanda si elle avait été stupide, mais qu'aurait-elle pu faire d'autre ? Elle n'avait toujours pas pris sa décision et même si cela avait été le cas, elle n'allait tout de même pas lui lancer une chose pareille dans ce décor de conte de fées, n'est-ce pas ? Quand elle se trouva face à lui et leva les yeux vers les traits parfaits de son visage, il était trop tard. Le désir brut qu'elle vit briller dans son regard d'ébène devait correspondre à ce qu'il lut dans le sien, car il l'attira dans ses bras et la regarda longuement sans un mot. Puis il pencha la tête pour l'embrasser et Kitty sentit son cœur fondre en même temps que sa volonté.

8.

Santiago réclamait la bouche de Kitty avec une faim qui avait grandi en lui toute la journée. Et le baiser qu'elle lui donnait en retour était si ardent qu'elle semblait avoir partagé ce fantasme érotique. Elle enfonçait les doigts dans ses épaules, comme si elle craignait de défaillir, et il sentit son cœur battre la chamade. Comme si cette bouffée de désir était quelque chose de nouveau pour lui. Qu'il n'avait jamais connu auparavant. Il posa une main sur ses hanches.

À l'époque où il était en mer, il avait dû se passer d'intimité physique pendant de longues périodes et il avait géré cette frustration avec un calme que ses compagnons d'équipage lui avaient envié. Réfréner son désir avait été une épreuve qu'il avait surmontée, comme tous les défis qu'il s'était imposés. Il ne s'était écoulé que quelques semaines depuis qu'il avait fait l'amour avec Kitty, or il lui semblait que cela faisait une éternité et qu'un grand vide s'était ouvert dans sa vie. N'avait-il pas eu la certitude que la deuxième fois ne serait pas à la hauteur de ses attentes ? Il avait cru qu'il ne connaîtrait plus jamais cette réaction irrésistible qu'elle avait provoquée en lui, et pourtant…

Inexplicablement, cela recommençait. Il était en feu.

En feu.

Et visiblement, c'était le cas pour elle aussi.

Kitty s'abandonnait dans ses bras, le souffle court. Son corps était doux comme de la soie mais ses mamelons durs pointaient sous l'étoffe de sa chemise. Il glissa la langue dans la bouche de la jeune femme et répondit à son gémissement en grognant de plaisir. Comment diable un premier baiser pouvait-il être aussi *incandescent* ?

Il pressa un de ses seins dans sa paume avant de prendre l'autre, et ses petits miaulements plaintifs le stimulèrent encore plus. Il glissa sa cuisse entre les siennes et le parfum subtil de son intimité s'insinua en lui comme une drogue.

Il fut tenté de déboutonner sans attendre le short de Kitty et le faire glisser au sol avec sa culotte. De se déshabiller à son tour et d'allonger la jeune femme sur l'une des méridiennes de la terrasse pour la pénétrer, s'enfoncer dans son corps humide et tiède afin de satisfaire le désir infini qui le torturait.

Mais il ne voulait pas d'une étreinte en plein air, malgré l'intimité qu'offrait cette villa. Le ciel était encore rouge et il faisait suffisamment clair pour qu'ils fassent tous deux les frais d'un paparazzi à l'affût, avide de satisfaire l'appétit toujours croissant des tabloïds de bas étage.

— Pas ici, dit-il en la prenant dans ses bras pour la porter jusque dans la villa et l'étendre sur son lit.

Fou d'impatience, il lui enleva son T-shirt et son short, défit les lacets de ses chaussures et les lui ôta. Puis il se déshabilla à son tour et se tint nu devant elle. Il resta un moment à la regarder, fasciné par le spectacle de ses boucles rousses étalées sur l'oreiller, que les reflets du soleil couchant rendaient encore plus flamboyantes.

— Tu es aussi belle que dans mes souvenirs, Kitty O'Hanlon. Et j'ai encore une envie folle de t'embrasser.

Elle battit des cils et plongea son regard vert dans le sien.

— Qu'est-ce qui t'en empêche ? murmura-t-elle d'une voix douce.

Fou de désir, Santiago pencha la tête vers elle et se força à modérer son ardeur, sa langue effleurant lentement la peau veloutée de Kitty tandis qu'il refaisait connaissance avec son corps. Chacun de ses coups de langue provoquait en retour un frisson ou un gémissement qui menaçait de lui faire perdre la tête. Il se rendit compte que ces sensations étaient à la fois nouvelles et douloureusement familières. La dernière fois, il ne l'avait vue qu'au clair de lune, or cette beauté rousse était née pour rayonner dans le feu d'un coucher de soleil balinais.

Santiago s'écarta pour mieux contempler son corps nu. Il avait eu raison en déclarant qu'elle avait perdu du poids, car ses hanches étaient moins rondes mais, bizarrement, ses seins étaient plus pulpeux. Un léger nuage traversa son esprit, qui se dissipa dès qu'il glissa les doigts entre les jambes de Kitty pour retrouver la chaleur de son intimité. D'une main tremblante, il attrapa un préservatif et, alors qu'il déchirait l'étui, il crut déceler une ombre fugitive dans les yeux verts de la jeune femme. Elle entrouvrit les lèvres comme pour parler.

— Santiago…

Mais il la fit taire d'un autre baiser. Il ne voulait pas de questions. Et surtout pas qu'elle demande où tout cela les menait, car il n'en savait rien. La seule chose qu'il savait en cet instant, c'est qu'il désirait être en elle et que son cœur allait éclater si cela n'arrivait pas bientôt. Elle ouvrit ses cuisses tremblantes et gémit doucement au moment où il la pénétra.

— Kitty, fit-il doucement.

Rien d'autre.

— Kitty…

Les mots qu'il prononça se frayèrent un chemin jusqu'à son esprit et Kitty ferma les yeux, partagée entre désespoir et bonheur, tandis que Santiago la comblait et qu'il était trop tard pour l'arrêter à présent.

Avait-elle seulement tenté de le faire ?

Non. Elle n'avait même pas essayé. Au fond, elle le désirait plus que tout. Impossible de faire obstacle à ce besoin brutal qui déferlait en elle comme une marée chaude et délicieuse. Comment résister à quelque chose d'aussi bouleversant ? Tout le reste paraissait insignifiant. Comme si satisfaire cette puissante faim qui les dévorait était la seule chose qui comptait. Aveuglément, elle tourna la tête pour chercher sa bouche et il lui répondit par un baiser doux et hypnotisant.

Elle aurait voulu que ce moment dure toute la nuit, parce que la sensation de Santiago au plus profond d'elle repoussait le sujet qui la tourmentait secrètement. Mais déjà, elle sentait que les ondes de plaisir qui l'envahissaient étaient sur le point d'atteindre un summum. Elle resserra les cuisses autour de lui, se cambrant davantage à chacune de ses poussées, et le souffle haletant de Santiago décupla son excitation.

En cet instant, il était entièrement à elle et, de la même manière, elle lui appartenait, répondant à un besoin élémentaire qui dominait le reste du monde. Elle sentit l'extase arriver et l'orgasme l'emporta dans un tourbillon de plaisir inconnu jusqu'alors. Peut-être Santiago avait-il attendu ce moment, car tout son corps frémit en résonance et il murmura des mots inintelligibles en espagnol.

Puis, ce fut terminé. Kitty eut le sentiment de flotter tandis que les battements de son cœur reprenaient peu à peu un rythme normal. Santiago l'enlaça plus étroitement, son corps puissant encore en proie aux derniers spasmes. Elle passa les doigts sur son dos couvert de sueur et quand elle bougea un peu, elle le sentit durcir à nouveau en elle.

— J'ai l'impression que ça t'a plu, n'est-ce pas, *rojà* ? murmura-t-il à son oreille.

C'est seulement à ce moment que Kitty prit la mesure de ce qu'elle venait de faire. Elle avait refait l'amour avec Santiago alors qu'elle s'était juré que cela n'arriverait plus.

Elle avait agi sur le coup de l'impulsion. Sans réfléchir. Stupidement.

Et il n'était toujours pas au courant.

Une onde de chaleur l'envahit, qui n'avait rien de comparable à la précédente, car elle était faite de culpabilité et de regret, mais aussi de ce qui l'avait si souvent embarrassée lors des semaines précédentes. La vague de nausée qui la gagna fut si puissante qu'elle bondit littéralement hors du lit.

— Où est… la salle de bains ? demanda-t-elle brusquement.

Santiago eut l'air surpris par sa question. Sans doute n'était-il pas accoutumé aux femmes qui avaient envie de vomir juste après avoir fait l'amour…

— La plus proche est là-bas, fit-il en lui indiquant du doigt une pièce au bout de la vaste chambre.

Kitty aurait préféré la salle de bains la plus éloignée, à cause des bruits qu'elle risquait de provoquer. Mais l'urgence était telle qu'elle n'eut d'autre choix que de se ruer jusqu'à l'endroit désigné. Sans avoir le temps de refermer la porte derrière elle, elle s'agenouilla devant les toilettes et commença à vomir.

Ce fut fini très vite et elle fut tentée de se blottir sur le sol en marbre froid et de fermer les yeux pour échapper à cette situation si gênante. Mais ce n'était pas une option. Alors elle se releva en tremblant et tituba jusqu'à l'un des lavabos pour se rincer la bouche et se laver les mains.

Au début, Kitty ne remarqua pas qu'il était là. Ce n'est que lorsqu'un sixième sens l'alerta de sa présence qu'elle leva lentement la tête et aperçut le reflet de Santiago dans le miroir. Il se tenait dans l'embrasure de la porte et la regardait fixement.

Il ne ressemblait plus à l'homme nu qu'elle avait quitté dans le lit et cela n'avait rien à voir avec le fait qu'il avait enfilé un jean. Dans son regard, le désir, la passion et la faim dévorante avaient laissé place à un froid glacial et impénétrable. Elle retint sa respiration, prise d'une terreur soudaine.

Avait-il… deviné ?

— Habille-toi, dit-il.

Elle prit conscience qu'elle était entièrement nue et cela ne fit qu'ajouter à son trouble. La voix de Santiago était si mécanique, si glaciale…

— Mes vêtements sont à côté…

Il saisit un peignoir suspendu à un crochet argenté et le drapa autour de ses épaules, comme s'il ne pouvait pas supporter de la regarder une seconde de plus.

— Mets ça. Et rejoins-moi.

Bien qu'elle lui fût reconnaissante de son geste, Kitty n'avait pas envie de porter ce vêtement, qui était imprégné de son parfum enivrant. Cela lui rappelait douloureusement l'intimité qu'ils venaient de partager et qui avait maintenant disparu.

Elle le retrouva dans une pièce qui surplombait la mer. Le coucher de soleil avait laissé place à un ciel indigo constellé d'étoiles. En l'entendant approcher, Santiago actionna un interrupteur et une lumière crue inonda soudain l'espace, révélant la dureté de ses traits et l'éclat minéral de ses yeux. Kitty eut le sentiment de pénétrer dans une cellule d'interrogatoire.

— Assieds-toi, dit-il en désignant un fauteuil en cuir disposé à côté d'une table sur laquelle se trouvait un verre d'eau. Bois.

— Merci.

Elle s'enfonça dans le siège moelleux et avala l'eau qui fit un bien fou à sa gorge desséchée. Elle reposa le verre en cristal d'une main tremblante et se força à soutenir le regard toujours aussi froid de Santiago.

— Tu te sens mieux ? demanda-t-il.

Kitty hocha la tête. Et si elle s'était trompée et qu'il n'avait pas deviné son secret ? Elle aurait tant voulu que ce soit le cas…

— Oui, merci. Je…

— Quand avais-tu prévu de m'en parler, Kitty ?

La voix coupante de Santiago était totalement dépourvue de sentiments et Kitty se sentit projetée malgré elle dans les schémas de son enfance. Quand elle était cette petite fille à qui des parents adoptifs sévères interdisaient de manger entre les repas. *C'est pour ton bien, Kitty.* Elle se souvint de sa punition, le jour où ils l'avaient surprise, des miettes de gâteau au coin des lèvres.

— Te parler de quoi ?

Santiago serra les mâchoires. Peut-être que si Kitty avait répondu honnêtement à sa question, la colère qui couvait en lui n'aurait pas été aussi intense. Mais au fond, pourquoi être surpris par cette dérobade ? Il s'était laissé berner. Il avait stupidement cru en son honnêteté et il s'était trompé. Elle l'avait piégé depuis le début. Et elle essayait encore de mentir. Tout son corps se tendit. Comment avait-il pu croire qu'elle était différente des autres ?

— Peut-être as-tu besoin d'un peu de temps pour reconsidérer ta réponse ? suggéra-t-il d'un ton glacial.

Kitty hocha lentement la tête.

— Je suis… enceinte, chuchota-t-elle.

Santiago tressaillit tandis que les pièces du puzzle s'assemblaient dans son esprit et qu'un choc profond se répercutait en lui. Bien qu'il fût homme à aimer les réponses aux questions embarrassantes, il sentit sa rage décupler en comprenant que cette réponse était la dernière chose qu'il souhaitait…

— Je le sais.

— Mais… *comment* ?

— Parce que tout s'explique, maintenant.

Il secoua la tête, furieux de ne pas avoir compris plus tôt. Il avait été trop aveuglé par le désir et par le besoin urgent de le satisfaire. N'avait-il pas pensé qu'une autre nuit avec Kitty O'Hanlon apaiserait sa faim inexplicable pour elle ? Si, mais il avait eu tort, là aussi.

— Ton empressement à revenir à Bali alors que je t'avais clairement fait comprendre que je n'avais aucune envie de te revoir. Même la plus désespérée des femmes l'est rarement à ce point, ajouta-t-il sans tenir compte de la souffrance qu'il lisait dans ses yeux. Le fait que tu aies perdu du poids alors que…

Il s'interrompit, incapable de poursuivre. Avec un effort, il détourna son attention de ses seins plantureux.

— Et puis, il y a la façon dont tu m'as regardé en arrivant la semaine dernière.

— Que veux-tu dire ? s'exclama-t-elle, les yeux ronds.

Peu désireux d'expliquer ce qu'il avait ressenti en l'apercevant dans le jardin ensoleillé, Santiago secoua la tête. Elle se mordit la lèvre inférieure et le souvenir de leurs baisers le transperça comme une flèche. Il refoula cette pensée brûlante, tout en contemplant la jeune femme qui semblait petite et vulnérable dans ce peignoir trop grand qui lui arrivait aux chevilles.

Et cette envie de la prendre dans ses bras et de la bercer, de lisser ces boucles rousses et de lui dire que tout allait bien se passer n'était due qu'à l'appétit sexuel persistant qu'il éprouvait.

— Cela n'a pas d'importance, répliqua-t-il brusquement. Allais-tu attendre encore longtemps avant de me le dire, Kitty ? J'essaie d'imaginer ce qui a dû te passer par la tête aujourd'hui, tandis que tu profitais de l'île. Pourtant, tout ce temps, tu savais…

— Ça n'a pas été facile…

— Ce n'était pas *facile* de refaire l'amour avec moi *avant* de me l'avouer, c'est ça ? railla-t-il. C'était censé me rendre plus gentil à ton égard ? Tu t'es sans doute dit qu'un homme satisfait serait plus enclin à se montrer généreux envers toi.

Kitty avait du mal à supporter les accusations cruelles de Santiago et la façon dont il la regardait. Il avait admis être cynique et elle avait été témoin de son détachement et maintenant de sa fureur, mais était-il vraiment en train de suggérer qu'elle avait utilisé cette relation sexuelle comme une sorte de ruse, pour lui soutirer autant d'argent que possible ?

— Je n'arrive pas à croire que tu aies pu dire ça, souffla-t-elle.

— Épargne-moi cet air d'incrédulité, ce n'est pas du tout convaincant. Que veux-tu de moi, Kitty ? De l'argent ?

Il avait lâché ce mot comme si c'était du poison, ce qui était ironique, compte tenu de sa richesse. Et même si cela lui faisait horreur de l'admettre, Kitty en avait besoin. Elle serait idiote de l'oublier. Elle connaissait la différence entre les rêves et la réalité.

À quoi bon lui dire qu'elle n'accepterait rien de lui et qu'elle se débrouillerait très bien seule ? La vie n'était pas si simple. Elle le savait mieux que quiconque. Et, à terme, son enfant ne lui en voudrait-il pas de cet orgueil qui les laisserait tous deux en proie au froid et à la faim, à la merci des services sociaux ? Elle ravala donc sa fierté et leva les yeux vers lui d'un air de défi.

— En effet, je pense que tu pourrais m'en donner un peu.

— Pour quoi faire ? Tu comptes te débarrasser de l'enfant ?

Une vague de nausée monta à nouveau à sa gorge. Si elle avait eu un missile à portée de main, elle aurait pu le lui lancer.

— Ne t'avise *jamais* de redire une chose pareille, siffla-t-elle.

Était-ce le fruit de son imagination ou un éclair de soulagement venait-il de traverser le visage de Santiago ?

— Alors, si ce n'est pas cette option que tu as choisie, quelle autre ?

Kitty se rendit compte que, hormis le médecin qu'elle avait consulté, il était la première personne à aborder le sujet. *Car il était le seul à savoir.* Le fait d'en parler, au-delà de rendre la situation réelle, lui fit comprendre à quel point elle était seule au monde.

Mais ce n'était pas le moment de s'apitoyer sur son sort. L'heure était venue de s'affirmer. Et d'avoir de la gratitude. Un petit cœur battait sous sa poitrine et peu importaient les circonstances de cette conception, c'était un miracle.

— Je vais avoir mon bébé, bien sûr, déclara-t-elle froidement. Je vais l'aimer de toutes les fibres de mon corps.

— C'est une intention louable, mais elle soulève de nombreux dilemmes sur le plan pratique.

On aurait dit un scientifique examinant froidement quelque chose sous un microscope. Soudain, Kitty se sentit en proie au découragement le plus total. Elle tenta de rassembler ce qui lui restait d'énergie pour décider de la suite.

— J'en ai assez de parler de ça pour ce soir, Santiago, décréta-t-elle. J'ai besoin de rentrer.

— Rentrer où ?

— Dans ma chambre au Langit Biru, bien sûr. Je travaille demain matin.

— Ne sois pas ridicule, s'exclama-t-il en se départant du

sang-froid qu'il avait affiché jusqu'alors. Si tu penses que je vais te conduire à l'autre bout de l'île à cette heure de la nuit, tu te trompes !

— Ne t'inquiète pas. Je vais appeler un taxi.

— Il n'en est pas question. Tu restes ici, reprit-il d'un ton catégorique. Tu as été malade et nous avons encore beaucoup de choses à nous dire.

Comme quoi ? voulut-elle lui demander, mais elle était à bout de forces.

— Et mon travail ? s'enquit-elle faiblement.

— Je vais demander qu'on te remplace. Tu crois vraiment que tu vas continuer à travailler à la crèche comme si tout était normal, alors que tu vas avoir mon bébé ?

Kitty se détesta d'éprouver une pointe d'espoir en l'entendant mentionner *son bébé*. Parce que le ton de Santiago était glacial et son regard, plus distant que jamais. C'était une façon de parler, rien de plus.

— Retourne dans ma chambre et essaie de te reposer. Je vais dormir à côté.

Kitty secoua la tête face à cette injonction sans appel. S'il croyait qu'elle allait se glisser entre les draps froissés où ils venaient de faire l'amour et rester hantée toute la nuit par ces souvenirs brûlants, il se trompait lourdement.

— Ça ne me convient pas, répliqua-t-elle en notant l'expression de surprise qui parcourut le visage de Santiago. Tu peux me montrer où est la chambre d'amis ? C'est *là* que je dormirai.

Elle se leva de son fauteuil avec un sourire crispé, comme si elle voulait le rassurer sur le fait qu'elle se sentirait à l'aise, seule dans une chambre inconfortable.

N'avait-elle pas passé la majeure partie de sa vie ainsi ?

9.

Kitty se réveilla sans savoir où elle était. Ce n'était pas une expérience particulièrement inhabituelle ces derniers temps, mais cette fois-ci, c'était surréaliste. Parce qu'elle ne se trouvait pas dans un lit étroit comme à l'accoutumée mais dans une couche aussi vaste qu'un terrain de football, avec dcs draps en lin et des oreillers incroyablement doux qui donnaient envie d'y rester blotti pour toujours. Tandis qu'à l'extérieur…

Elle regarda par la fenêtre le panorama époustouflant qui s'offrait à elle. Elle devait vraiment être épuisée pour ne pas avoir été réveillée par la lumière du soleil qui inondait la pièce à travers les larges baies vitrées.

Kitty contempla le contraste entre l'immensité bleue de l'océan et la jungle verte et luxuriante en contrebas, avec son kaléidoscope de fleurs tropicales.

Elle jeta un œil à son téléphone et cligna des yeux, incrédule. 9 heures du matin. Comment avait-elle pu dormir aussi longtemps ? Elle aurait dû se trouver à la crèche depuis une heure. Pourvu que Santiago ait tenu sa promesse de la faire remplacer. Elle devait s'habiller et partir le plus vite possible. Ils parleraient du bébé, bien entendu, mais pas forcément ce matin.

La douche était délicieusement rafraîchissante et Kitty s'y attarda plus longtemps que prévu. Les produits de toilette parfumés à la fleur d'hibiscus et à la citronnelle la firent rêver et elle se lava soigneusement les cheveux puis, comme toujours, elle mit un temps fou à les sécher. En sortant de la salle de bains, vingt minutes plus tard, elle se sentait comme une nouvelle femme, bien qu'il faille hélas qu'elle remette ses habits de la veille.

Quelle ne fut pas alors sa surprise, de retour dans sa chambre, de découvrir une pile de nouveaux vêtements soigneusement pliés sur la table. Un pantalon kaki en lin parfaitement coupé ainsi qu'un T-shirt d'un vert plus pâle à l'étoffe incroyablement douce. Leurs couleurs s'accordaient parfaitement à celle de ses cheveux et de ses yeux. Le cœur de Kitty s'emballa quand elle découvrit que ce n'était pas tout. Il y avait aussi une paire de sandales très élégantes ainsi que de la lingerie fine – une culotte en dentelle couleur crème et un ravissant soutien-gorge assorti. Jamais elle n'avait vu de sous-vêtements aussi jolis.

Elle était bouleversée et gênée à la fois. Mais que pouvait-elle faire sinon les mettre ? Essayer de retrouver ses vêtements de la veille ? La dernière fois qu'elle les avait vus, ils étaient éparpillés sur le sol de la chambre de Santiago. Non. Elle retrouverait son orgueil et sa fierté en temps voulu. Pour l'instant, elle devait se protéger. Elle revêtit donc sa nouvelle tenue et prit une grande inspiration avant de se décider à sortir de la chambre. Avec un peu de chance, Santiago serait déjà parti au travail. Elle n'aurait qu'à appeler un taxi en lui laissant un mot pour lui proposer un nouveau rendez-vous afin de discuter. Un endroit neutre serait l'idéal pour évoquer l'avenir.

Mais Kitty ignorait l'adresse de la villa, alors comment faire pour appeler un taxi ? Elle explora rapidement la vaste demeure qui semblait vide, puis elle sortit dans les jardins au parfum de gardénias. Entendant au loin le bruit d'un éclaboussement, elle le suivit jusqu'à apercevoir une piscine. Elle distingua le scintillement de l'eau turquoise et, alors qu'elle s'approchait, elle vit Santiago se hisser hors du bassin dans un mouvement souple. Elle hésita à faire demi-tour pour aller se réfugier dans la villa.

Mais la vision qui s'offrait à elle la fascina tant qu'elle resta immobile, incapable de détourner le regard. Cet homme était l'incarnation de la puissance et de la perfection, avec son corps bronzé ruisselant de gouttes d'eau au soleil. Il clignait des yeux, ébloui par la lumière, et même si elle ne put distinguer son regard, elle n'avait aucun doute sur le fait qu'il serait froid et impitoyable quand il se poserait sur elle.

Kitty lui avait appris une nouvelle à laquelle il ne s'attendait pas et qui était la dernière chose au monde qu'il souhaitait.

La discussion qui s'annonçait n'allait pas être facile.

— Tu es réveillée, observa Santiago en attrapant une serviette pour se sécher les cheveux.

Il la balaya du regard et elle se sentit scannée comme un objet.

— Et habillée, ajouta-t-il.

— Manifestement.

Elle prit quelques secondes pour réfléchir, ne sachant pas comment accepter ce cadeau.

— Je te remercie pour les vêtements. C'est très… attentionné de ta part. Je veillerai à les laver et à ce qu'ils te soient rendus dès que possible.

— Ne sois pas ridicule, Kitty, dit-il d'un ton moqueur. À moins que tu penses que la boutique du Langit Biru puisse les revendre une fois que tu les auras portés.

— J'imagine que non…

Pourquoi diable parlaient-ils de vêtements ? Elle devait à tout prix se ressaisir et arrêter de le fixer, même s'il était craquant dans son maillot de bain. Et pourquoi aucun d'eux n'avait encore parlé du bébé ?

— Est-ce que tu peux m'appeler un taxi ?

— Oui, mais je ne le ferai pas, dit-il en séchant vigoureusement ses cheveux noirs. Nous devons avoir une conversation et tu dois prendre un petit déjeuner, pas nécessairement dans cet ordre.

— Autrement dit, tu me retiens prisonnière ici ?

Il jeta sa serviette sur la chaise longue voisine.

— Arrête de jouer la comédie, je t'en prie, fit-il en désignant de la tête une terrasse ombragée située à une dizaine de mètres de la piscine. Attends-moi là-bas. Ambar, ma gouvernante, va s'occuper de toi. Je te rejoins dès que possible.

Bien que Santiago fasse clairement preuve d'autoritarisme, Kitty trouva étrangement réconfortant que quelqu'un d'autre prenne les choses en main après avoir vécu seule si longtemps. Accompagnée par le chant des oiseaux exotiques, elle s'engagea sur un étroit sentier bordant un ruisseau. Une table avait été dressée pour le petit déjeuner avec, en son centre, un plat peu profond rempli de fleurs orange intensément parfumées.

Kitty prit une grande inspiration. Quel chemin elle avait parcouru depuis le pub de Chessington !

Elle s'installa sur la chaise la plus proche, essayant de deviner à quel genre de « conversation » s'attendait Santiago et comment lui répondre au mieux, lorsqu'une belle jeune femme sortit de la villa. Vêtue d'une robe longue brodée, elle portait un plateau sur lequel se trouvaient une théière et une tasse en porcelaine délicate.

— Bonjour, dit-elle en souriant, avant de commencer à verser une infusion claire dont le parfum inimitable embauma l'air. Je suis Ambar et le *señor* Tevez m'a demandé de vous apporter du thé au gingembre.

Señor Tevez. En entendant la façon déférente dont la gouvernante avait prononcé son nom, Kitty se raidit. Santiago bénéficiait d'une autorité et d'une influence indéniable sur cette île. Et elle attendait son bébé. Son *héritier.* Elle fut soudain gagnée par une inquiétude sourde en pensant à ce que cela pouvait signifier. Cet homme immensément riche voudrait-il posséder la seule chose que sa fortune ne pouvait acheter ?

Elle regarda Ambar rentrer dans la villa et but une gorgée du breuvage parfumé. D'habitude, le matin, elle optait pour un thé noir bien fort avec un nuage de lait, mais elle dut reconnaître que cette infusion était délicieuse. Elle tenta de se détendre mais ses efforts furent réduits à néant dès qu'elle aperçut Santiago qui venait dans sa direction.

Dans la lumière du soleil qui faisait ressortir la silhouette de son corps puissant, il avait l'air plus maître de lui que jamais.

Prenant place à côté d'elle, il plongea son regard indéchiffrable dans le sien.

— Comment trouves-tu ce thé ?

— Très bon, répondit-elle, surprise par cette question à laquelle elle ne s'attendait pas.

— Je crois savoir qu'il est recommandé pour les femmes enceintes, c'est pourquoi j'ai demandé à Ambar de t'en préparer.

— Tu lui as dit que j'attendais un bébé ?

— Tu crois que j'ai besoin de me justifier auprès de ma gouvernante ? répliqua Santiago en haussant les sourcils. Bien sûr que non. J'ai découvert sur Internet que le thé au gingembre atténuait les nausées du premier trimestre…

— Tu as fait des recherches à ce sujet, dit-elle, incrédule.

— Oui, répondit-il d'une voix plus dure.

Il y eut une pause.

— Je suppose qu'Ambar a l'habitude de servir le petit déjeuner à tes… invitées, demanda-t-elle, furieuse de ne pas avoir pu se retenir de poser la question.

Santiago nota la pointe d'irritation dans la voix de Kitty et il hocha la tête d'un air satisfait. D'habitude, il avait horreur des manifestations de possessivité ou de jalousie, mais dans ce cas précis, il se dit que cette émotion pourrait jouer en sa faveur.

— En fait, ce n'est pas le cas. De manière générale, j'évite d'amener des femmes ici.

Il y eut un nouveau silence avant que Kitty reprenne, d'une voix plus faible.

— Tu préfères aller chez elles, je suppose ?

— Oui. Mais ton logement de fonction n'était pas approprié et jamais auparavant je n'avais couché avec une de mes employées, répliqua-t-il d'un ton moqueur.

En voyant le rouge colorer les joues constellées de taches

de rousseur de la jeune femme, il regretta de s'être montré cruel. Au fond, tout cela était nouveau pour Kitty. Pour lui aussi, d'ailleurs…

— Tu devrais apprendre à ne pas poser de questions si tu n'es pas capable de gérer les réponses, reprit-il plus doucement.

— J'en suis parfaitement capable ! s'exclama-t-elle d'une voix tremblante.

Juste à ce moment-là, Ambar réapparut, chargée d'un plateau de victuailles. Le temps qu'elle reparte, Santiago se rendit compte qu'il était davantage préoccupé par l'air fragile de Kitty que par la nécessité de poser des limites.

— Mange, lui intima-t-il, et elle obtempéra presque docilement en saisissant sa fourchette.

Il l'observa tandis qu'elle se régalait de tranches de papaye parfumées au citron vert et de crêpes à la confiture. Lui qui était accoutumé aux femmes maigres, pour qui la nourriture était un ennemi, trouva curieusement satisfaisant de voir Kitty manger avec autant d'enthousiasme.

L'espace d'un instant, il savoura ce moment et oublia la réalité et la raison pour laquelle elle était là.

L'unique raison de sa présence.

Il était resté éveillé une bonne partie de la nuit, incapable de se faire à l'idée que cette Anglaise inconnue était enceinte de lui. Il s'était pourtant protégé, comme il le faisait toujours. Puis il s'était rappelé leur étreinte merveilleuse sous la douche. Ses gestes impatients en enfilant son préservatif quand l'eau chaude avait jailli sur eux et que le désir fou qu'il ressentait pour cette femme lui avait fait perdre tout contrôle. Peut-être n'avaient-ils pas été aussi prudents que ça, finalement…

— Merci, c'était délicieux, finit par dire Kitty en s'essuyant les lèvres avec une serviette.

Puis elle resta silencieuse et lui lança un regard calme, comme si elle attendait qu'il prenne la parole. Santiago comprit qu'il allait devoir être objectif. Ne plus penser à ses boucles rousses ou à ses seins plantureux qui tendaient la toile douce de son T-shirt, mais se concentrer sur les mensonges qu'elle lui avait racontés.

— Alors, pourquoi ce subterfuge ? demanda-t-il à voix basse. Pourquoi ne pas m'avoir tout dit au téléphone quand tu m'as appelé d'Angleterre ? Cela n'aurait-il pas été plus simple ? Ou tu pensais que je nierais toute responsabilité et que je te raccrocherais au nez ? acheva-t-il en fronçant les sourcils.

— Je me suis dit que c'était une possibilité, oui…

— Mais ce n'est pas la raison qui t'a amenée ici, n'est-ce pas ?

— Non…

Il y eut quelques secondes de silence.

— Quelle est-elle, alors, Kitty ?

La jeune femme baissa la tête vers sa serviette posée sur ses genoux et quand elle la releva, ses yeux brillaient d'une intensité telle qu'on eût dit qu'une vie entière de larmes retenues scintillait dans leur profondeur émeraude. Santiago sentit malgré lui son cœur se serrer.

— Je voulais savoir quel genre d'homme tu étais vraiment, murmura-t-elle lentement. Pour découvrir si tu étais…

— Si j'étais quoi ?

— Si tu étais capable d'être un père pour mon enfant, déclara-t-elle en haussant les épaules. Il n'y a pas d'autre façon de le dire.

— Tu me soumettais secrètement à un test de personnalité ? fit-il, un rictus cruel au coin des lèvres. Je suppose que j'ai passé le contrôle financier avec brio… Que voulais-tu d'autre, Kitty ? Connaître mon QI ? Savoir si j'étais gentil avec les animaux ?

— Ne sois pas sarcastique. Cela n'a rien à voir avec ça.

— Alors, de quoi s'agissait-il ? Pourquoi ne me dis-tu pas sur quels critères tu voulais me juger ? Je serais curieux de le savoir.

Kitty perçut la colère dans les mots de Santiago et elle sut qu'elle avait touché une corde sensible. Mais à quoi s'était-elle attendue ? Avait-elle cru qu'elle pourrait comploter tranquillement sans en subir les conséquences ? Elle comprenait à présent qu'elle avait fait fausse route.

— J'ai agi avec les meilleures intentions du monde, dit-elle d'une voix hésitante. Je suppose que c'est ma propre expérience qui m'a rendue… méfiante.

— Je croyais que tu n'en avais aucune, lança-t-il d'un ton acerbe.

— En matière de relations avec les hommes, c'est vrai, mais je ne…

— Tu quoi ? insista-t-il, impatient. Viens-en au fait, s'il te plaît.

Kitty soupira. Elle était piégée et savait qu'elle n'avait guère d'autre choix que se confier sur son passé, ce qu'elle ne faisait jamais. Santiago, plus que quiconque, avait le droit de savoir.

— Disons que j'ai du mal à accorder ma confiance aux autres…

— Bienvenue au club, répliqua-t-il avec un sourire amer. Pour quelle raison ?

— J'ai été…

C'était si difficile à dire…

— J'ai été abandonnée à ma naissance, reprit-elle et, le voyant silencieux, elle poursuivit d'une voix hésitante, comme si elle parlait dans une langue étrangère. On m'a laissée sur le seuil de la maison d'un prêtre, dans le sud de Londres. Le père O'Grady. Il vivait là avec sa gouvernante, Ellen.

Kitty crut voir passer une lueur de compassion dans le regard de Santiago, mais sans doute avait-elle rêvé.

— Continue, fit-il.

— On m'a raconté que c'était par une froide nuit d'automne. Ellen a entendu un cri dehors. Le père O'Brady a pensé que c'était un renard, mais Ellen a voulu en avoir le cœur net et, quand elle a ouvert la porte, elle m'a trouvée sur le perron, enveloppée dans une couverture et couchée dans un sac en toile de jute, couvert de feuilles mortes.

— *Me estas cargando…*

— Non ! coupa-t-elle farouchement avant qu'il ait l'occasion de la plaindre – dans n'importe quelle langue –, car elle détestait cette idée. J'ai eu de la chance.

— De la chance, répéta-t-il en haussant les sourcils. Tu plaisantes ?

Kitty acquiesça. Sa chère Ellen lui avait répété cette phrase à tant de reprises ! Qu'elle devait mesurer son bonheur. Et combien son destin aurait pu être pire.

— J'ai été recueillie par deux personnes merveilleuses et j'ai passé six années très heureuses avec elles, jusqu'à ce que…

— Jusqu'à ce que ?

Kitty prit une grande inspiration, étonnée que cela puisse encore faire si mal, après tout ce temps. Son monde entier avait changé en une nuit et elle n'avait pas eu le pouvoir de faire quoi que ce soit. Un peu comme maintenant…

— Ellen a dû retourner en Irlande pour s'occuper de sa mère malade et, évidemment, je ne pouvais pas rester seule avec le père O'Brady. Alors ils ont trouvé un couple de la paroisse qui n'avait pas pu avoir d'enfant et qui m'a adoptée.

— J'imagine que ça n'a pas été aussi joyeux ensuite, murmura Santiago après le long silence qui suivit.

Kitty ne put s'empêcher d'admirer sa perspicacité, bien qu'elle lui en veuille. Cela aurait été plus facile s'il s'était contenté de balayer son histoire du revers de la main. Ainsi, elle n'aurait pas eu à s'étendre davantage.

— Pas vraiment, non, fit-elle à voix basse.

Santiago saisit la cafetière en argent et se versa une tasse de breuvage fumant.

— Pour quelle raison ?

À quand remontait la dernière fois où elle en avait parlé *à voix haute* ? L'avait-elle déjà fait ? Pourtant, il y avait en Santiago Tevez quelque chose d'étrangement persuasif qui l'incita à poursuivre.

— Madame Bailey avait toujours voulu avoir un enfant. Son mari, moins, et il m'a très vite considérée comme un fardeau. Il voulait retrouver son ancienne vie, or c'était impossible car le couple m'avait adoptée. Un enfant, ce n'est pas comme un chiot ou un chaton qu'on achète et qu'on ramène parce qu'il ne convient pas, acheva-t-elle avec un rire triste.

— As-tu essayé de savoir qui étaient tes parents biologiques ?

— Non, dit Kitty en secouant la tête. Je n'avais pas la force de surmonter le risque d'un nouveau rejet.

Elle ne lui raconta pas le reste. Et ce qui l'avait rendue méfiante à l'égard des relations. Le fait qu'une femme, sous l'emprise d'un homme et tellement désireuse de lui plaire, avait choisi d'ignorer les sanglots d'une petite fille solitaire. Dans ce foyer, le mari passait en premier parce que « maman » l'aimait.

Si c'était cela, l'amour, alors Kitty n'en voulait pas.

Mais Santiago ne s'intéressait pas à son point de vue sur l'amour, ni aux raisons pour lesquelles elle avait évité les hommes jusqu'à ce qu'elle tombe dans ses bras, poussée par une impulsion si puissante qu'elle n'avait pu s'en empêcher. Il l'avait prévenue dès le départ de tout ce qu'il ne voulait pas – et un bébé en faisait partie.

Elle s'éclaircit la voix.

— Écoute, je sais que nous devons prendre des décisions pour l'avenir…

— Que veux-tu de moi, Kitty ? l'interrompit-il. Une somme d'argent ? Une maison à la campagne ? Un mariage ?

— Je veux seulement ce que tu désires me donner, déclara-t-elle fermement en posant les mains sur son ventre, comme pour se protéger, un geste qui n'échappa pas au regard sombre de Santiago. Tu n'as pas besoin d'être un père si tu ne le souhaites pas. Si tu ne veux pas t'impliquer ni inscrire ton nom sur l'acte de naissance, ça me va.

Elle hésita. Pourquoi ne pas lui faciliter la tâche, après tout ?

— D'ailleurs, c'est peut-être mieux pour tout le monde si tu ne t'impliques pas.

Santiago se redressa sur sa chaise. Il avait ressenti de la compassion en entendant Kitty parler de son enfance, mais celle-ci fut éclipsée par le tourbillon d'émotions qui le gagnèrent soudain et qu'il avait réprimées pendant si longtemps.

De l'indignation.

Du rejet.

Et, pire que tout, un sentiment d'impuissance.

Les ombres du passé s'insinuèrent à travers son esprit, menaçant de s'y enraciner. Était-ce qui arrivait toujours aux enfants ? se demanda-t-il avec amertume. Être utilisés comme des pions dans les relations toxiques de leurs parents ?

— Redis-moi ça, Kitty, fit-il doucement. Tu crois que tu peux m'exclure définitivement de la vie de ce bébé ?

— Tu as affirmé que tu aimais être célibataire ! protesta-t-elle. Tu m'as dit que tu ne voulais pas être parent, ni t'engager dans une relation durable. Je t'ai seulement pris au mot.

— Dans ce cas, pourquoi es-tu venue à Bali en sachant tout cela ?

— Parce que j'ai pensé que tu avais le droit de savoir que tu allais être père, répondit-elle en tremblant. Mais si tu t'étais avéré être vraiment…

— Vraiment *quoi*, Kitty ?

Elle passa nerveusement sa main dans la masse épaisse de ses boucles rousses avant de répondre.

— Je ne sais pas… cruel ou méchant, alors je n'aurais pas mentionné l'existence du bébé. Je serais partie et je me serais débrouillée, d'une manière ou d'une autre.

— Qu'est-ce qui t'a fait changer d'avis ? interrogea-t-il avec un rire cynique. As-tu décidé que je n'étais pas une si mauvaise personne, après tout, ou bien est-ce ton désir pour moi qui est insatiable ? Le sexe l'a-t-il emporté sur le jugement, Kitty ? Parce que c'est à cela que ça ressemble, de mon point de vue.

— Est-ce si important de le savoir ? On ne peut changer ce qui est arrivé. Seulement décider de ce que nous allons faire à partir de maintenant.

Malgré les battements fous de son cœur, Santiago garda une expression aussi neutre que celle qu'il avait affichée dans les moments les plus périlleux de sa carrière navale.

— As-tu quelque chose de concret à me proposer ?

Il vit les traits de la jeune femme se détendre.

— Je peux retourner en Angleterre. Ce serait probablement mieux.

Un souvenir douloureux l'assaillit et il se souvint que les femmes usaient parfois de la nature pour contrôler les hommes.

— Pour toi, peut-être, lança-t-il d'un ton glacial. Mais il ne s'agit pas seulement de toi, Kitty…

— Alors, que veux-tu, *toi* ?

Pour la première fois de sa vie, Santiago ne sut que répondre. Lui qui était passé maître dans l'art de se sortir des situations les plus complexes se sentait embourbé dans ce tumulte émotionnel.

— J'ai appris à mes dépens qu'il fallait suivre mon instinct, qui me dit en ce moment de ne pas te perdre de vue, murmura-t-il à voix basse.

— Dans ce cas, que suggères-tu ? dit-elle doucement.

— Je dois aller en Australie pour affaires. Je veux que tu m'accompagnes.

— Tu ne peux pas m'obliger à te suivre !

— Oh si, crois-moi, je le peux. Quel choix ai-je, Kitty ? Même si tu as de quoi te payer un billet d'avion pour l'Angleterre, crois-tu vraiment que je te laisserai… partir ?

10.

— Tu vas avoir besoin de vêtements.

Kitty se détourna de la fenêtre de la limousine pour lever les yeux vers Santiago. Malgré le détachement froid qu'elle lut dans son regard, elle ressentit un petit picotement de désir. Si elle avait eu plus d'orgueil, elle lui aurait demandé ce qui n'allait pas avec sa tenue et les affaires qu'elle avait rassemblées à la hâte dans sa petite valise au Langit Biru, mais au fond, elle connaissait la réponse. Sa garde-robe modeste n'était pas adaptée pour accompagner un milliardaire en voyage d'affaires à l'étranger, même dans un pays aussi décontracté que l'Australie.

Le personnel de son jet privé l'avait dévisagée comme une extraterrestre. Même le chauffeur de la limousine qui attendait leur arrivée à l'aéroport de Perth n'avait pas réussi à cacher sa surprise en la voyant.

Pourtant, Santiago lui-même ne lui avait pas donné l'impression de ne pas être à sa place. Il avait été prévenant et attentionné tout au long du voyage. Une attitude qui l'avait dangereusement troublée, car elle s'était prise à rêver de l'impossible.

Et bien sûr, l'impossible n'arriverait pas.

Kitty ferma les yeux et tenta de chasser l'idée qu'elle était en train de tomber amoureuse de lui. Ce serait la plus grande erreur de sa vie.

— J'irai faire un peu de shopping quand nous arriverons,

déclara-t-elle en essayant de se rappeler combien d'argent il lui restait sur son compte courant.

— Ne sois pas ridicule, coupa-t-il d'une voix légèrement agacée. Tu ne connais pas la ville et je n'aurai pas le temps de t'accompagner. Je demanderai à une styliste de t'apporter une sélection de vêtements à l'hôtel et, bien sûr, je paierai la facture.

— Comment pourrais-je te remercier ?

— Je trouverais agréable que tu acceptes mes cadeaux autrement qu'avec cet air renfrogné.

— Je pourrais même te sourire si je savais ce qui se passe. Tu ne m'as toujours pas dit pourquoi je suis obligée de t'accompagner dans ce voyage.

— Tu le sais parfaitement, fit-il en étendant ses jambes devant lui. Je ne veux pas te perdre de vue parce que nous avons beaucoup de décisions à prendre.

Elle eut toutes les peines du monde à détourner son regard du pantalon de Santiago, qui moulait ses cuisses musclées, pour reporter son attention sur son visage, mais là, son cœur s'emballa de nouveau.

— Que suis-je censée faire pendant que tu assisteras à tes réunions d'affaires ?

— Nous descendons dans le plus bel hôtel de la ville. Tu devrais trouver de quoi passer le temps. Son spa est mondialement connu et la plupart des femmes seraient folles de joie à l'idée d'en profiter.

— Je n'ai pas l'habitude de paresser dans un jacuzzi, objecta-t-elle, agacée par le ton condescendant qu'il avait adopté. Je passe ma vie à travailler.

— Je le sais, répondit Santiago d'une voix adoucie. Alors pourquoi ne pas t'accorder une vraie pause, pour une fois ?

Kitty ne put réprimer un soupir. Cette marque de gentillesse la rendait vulnérable. Elle devait se ressaisir et ne pas tomber dans son piège.

— Tu as peut-être raison…

— Bien. Ce soir, il y a une fête organisée dans le bureau

de mes avocats pour célébrer l'obtention du prêt de financement de ma nouvelle ferme solaire. J'aimerais que tu m'y accompagnes.

— Pourquoi ?

— Tu veux dire, hormis le fait qu'il serait grossier de ma part d'exiger ta présence pour te laisser seule ensuite ? Eh bien, figure-toi que lorsque tu ne fais pas la tête, tu es très agréable à regarder, Kitty O'Hanlon. N'est-ce pas une raison suffisante ?

Elle rougit de plaisir. Soudain, elle vit briller les yeux de Santiago et, l'espace d'un instant, elle crut qu'il allait se pencher sur elle pour l'embrasser. Mais il ne le fit pas et elle eut de la peine à réprimer la pointe de déception qui la transperça.

Pourquoi l'aurait-il embrassée ?

Il ne l'avait pas touchée depuis qu'il avait appris pour le bébé et il n'aurait pas pu lui faire comprendre plus clairement que coucher avec elle avait été une grosse erreur. À présent, il essayait simplement de trouver la meilleure solution pour en gérer les conséquences. Voilà tout.

Dieu merci, l'hôtel devant lequel ils s'arrêtèrent était si magnifique que Kitty oublia momentanément ses malheurs. Avec ses grandes lignes courbes de verre surplombant la rivière Swan et sa myriade de piscines turquoise bordées de palmiers, le Granchester était un paradis de modernité urbaine. Un ascenseur transparent les amena dans une vaste suite, où ils furent accueillis par le directeur de l'hôtel en personne. Kitty découvrit, fascinée, leur piscine privée équipée d'un jacuzzi en terrasse, ainsi que quatre chambres, une vaste salle de cinéma et une cuisine.

— N'oubliez pas notre fameux service de conciergerie disponible vingt-quatre heures sur vingt-quatre, précisa le directeur en déplaçant légèrement un bouquet de roses parfumées posé sur une table en plexiglas.

— Merci, répondit Santiago en déposant sa valise à côté d'un grand bureau d'où l'on pouvait admirer les gratte-ciel de la ville.

Kitty n'avait jamais rien vu de tel. Après le départ du directeur, elle contempla, un peu étourdie, les hauts plafonds ornés de lustres modernes qui faisaient danser des motifs lumineux sur les murs.

— Pourquoi avoir choisi un endroit aussi grand ?

— Pour être tranquille, répondit-il automatiquement avant de lever les yeux de son téléphone portable. Ça ne te plaît pas ?

Elle balaya l'espace du regard. Même si cela lui semblait lunaire, qui n'apprécierait pas un tel luxe ? Elle hésita à demander à Santiago où il comptait dormir, mais ce n'était sans doute pas le moment. Le plus raisonnable serait qu'ils s'installent dans des chambres séparées, comme ils l'avaient fait à Bali, mais elle se rendit compte qu'elle n'en avait plus envie. Elle voulait qu'il l'enlace à nouveau et qu'il la réconforte. En observant sa peau cuivrée et ses traits nobles sculptés par la lumière du soleil, elle sut qu'elle souhaitait beaucoup plus que ça et une vague de désir brutal l'envahit.

— Non. C'est un vulgaire taudis, fit-elle, heureuse de voir un sourire éclairer le visage habituellement fermé de Santiago.

— Je dois aller à l'autre bout de la ville pour mon premier rendez-vous. Mon assistante australienne s'appelle Megan. Si tu as besoin de quoi que ce soit, appelle-la. Elle va de toute façon te joindre pour organiser les choses avec la styliste. J'ai laissé son numéro à côté des fleurs.

— Tu as remarqué le bouquet ? demanda-t-elle, surprise.

— Je ne suis pas complètement immunisé contre la beauté, Kitty, répliqua-t-il d'un ton ironique. Tu veux me demander quelque chose avant que je parte ?

Tout au long de sa vie, Kitty avait appris à supporter les problèmes en attendant qu'ils passent. Mais la situation dans laquelle elle se trouvait à présent était nouvelle. Elle ne pouvait plus se permettre de faire l'autruche. Comme l'avait dit Santiago, il ne s'agissait plus seulement d'elle. Elle devait cesser d'être intimidée par tout ce qu'il représentait. Le fait qu'il soit riche et puissant n'avait pas d'importance. Ce qui comptait, c'était d'arriver à mieux le connaître…

— J'ai bien compris que tu voulais me garder à l'œil, mais as-tu l'intention de rester un étranger pour moi ou es-tu prêt à accepter le fait que je porte ton bébé et que j'aimerais en savoir plus à ton sujet ?

Il se raidit et Kitty se demanda si, au fond, ils n'étaient pas plus semblables qu'elle ne l'avait pensé.

— Que veux-tu savoir de plus ?

— Les trucs normaux. Ce qui se passe dans ta tête. Quel genre d'homme tu es vraiment.

À sa surprise, il acquiesça.

— Nous en parlerons plus tard, je te le promets, fit-il. Là, il faut vraiment que j'y aille. Je serai de retour vers 17 heures.

Santiago se dirigea vers l'ascenseur de verre, mais ce ne fut qu'une fois assis dans sa limousine, en route vers St. George's Terrasse où l'attendait une pile de documents à signer, qu'il parvint à se détendre un peu. Enfin, façon de parler car en cet instant, il ne se sentait pas du tout détendu. Surtout, il n'avait pas la moindre idée de la meilleure action à entreprendre. Pourtant, après son adolescence tragique qui avait déterminé la trajectoire austère de sa vie, il avait toujours su trouver la réponse aux problèmes qui se posaient.

Devrait-il verser une importante somme d'argent à Kitty O'Hanlon ? Elle ne s'était pas opposée à sa proposition de lui offrir de nouveaux vêtements. Ce n'était pas une surprise. *Toutes les femmes sont attachées au matériel*, se rappela-t-il amèrement. Son téléphone se mit à vibrer et il jeta un œil à l'écran. C'était le P-DG de l'une des plus grandes sociétés minières du pays, mais il transféra l'appel à son assistante. Pour une fois, cela ne lui semblait pas important.

Santiago soupira. Peut-être devrait-il demander à ses avocats de rédiger un contrat concernant l'avenir du bébé ? Les termes devraient être précis et contenir une clause de confidentialité interdisant à Kitty de divulguer la moindre information à la presse. Il faudrait aussi qu'ils se mettent d'accord sur la scolarité de l'enfant ainsi que son lieu de résidence. Il fronça les sourcils. Devrait-il insister pour qu'il apprenne l'espagnol en seconde langue ?

Son cœur s'emballa dans sa poitrine quand il comprit que le meilleur moyen de s'en assurer serait que son enfant grandisse avec un hispanophone de naissance.

Comme lui.

Une pensée le frappa soudain. C'était la première fois qu'il considérait réellement ce bébé comme le *sien* et pas comme un être abstrait.

La voiture passa devant les magnifiques gratte-ciel de Perth – de grandes structures de verre qui brillaient sous le soleil australien – mais Santiago n'y prêta guère attention. Car une question brûlante dominait ses pensées.

Savoir ce que Kitty attendait vraiment de lui.

Dieu merci, il oublia momentanément ses préoccupations en entrant dans la salle du conseil, car il était à présent l'heure de se concentrer sur son nouveau projet audacieux. Lorsqu'il apposa la dernière signature sur le contrat, un tonnerre d'applaudissements retentit et il fut touché par le plaisir sincère qu'il lut sur le visage de ses avocats et de ses banquiers. Comme à l'accoutumée, son propre sentiment de joie était pourtant superficiel. Au fond, il ne voulait qu'une chose : rentrer à l'hôtel.

Pour prendre des décisions difficiles.

Ou alors pour se perdre dans la douceur du corps de Kitty O'Hanlon. Mais tandis que la limousine faisait halte devant l'hôtel et qu'il s'engouffrait dans l'ascenseur, il sentit l'irritation rivaliser avec le désir. Le sexe ne serait qu'une distraction passagère dans leur situation. Mieux valait l'éviter.

Les portes de l'ascenseur s'ouvrirent et il entra dans la suite. Il ôta sa veste avec l'intention de prendre une douche, mais soudain, il fut stoppé net.

Kitty était là et elle ne l'avait pas vu entrer.

Elle était assise sur la terrasse, baignée par le doux soleil de l'hiver australien. Un grand chapeau de paille ombrageait son visage. Un carnet de croquis était posé à plat sur ses genoux et sur une table à côté d'elle se trouvaient un pichet d'eau ainsi qu'une rangée de crayons. Sa robe à pois était diaphane et, sous son chapeau, ses boucles rousses s'étalaient comme une glorieuse bannière. Il la contempla en silence un long moment. Elle avait l'air si détendue et il la trouvait tellement… belle.

Une fois de plus, il connut un rare instant de paix – bien que la tension lumineuse du désir s'y mêlât, comme le lui indiquait son érection.

— Coucou, fit-elle en l'apercevant.

Elle fit mine de se lever mais il secoua la tête.

— Ne bouge pas, ordonna-t-il doucement. Je te rejoins dans quelques minutes.

Il entra dans la salle de bains et prit une douche glacée qui ne parvint pas à calmer son désir ardent. Puis il enfila un vieux jean et un T-shirt, et piocha une bière dans le minibar avant de la retrouver sur la terrasse.

Elle l'attendait, sagement assise, et il remarqua que le carnet de croquis était maintenant fermé et posé sur la table.

— Ton rendez-vous s'est bien passé ? demanda-t-elle, un peu nerveuse.

Il n'était pas habitué à ce qu'une femme soit là pour l'accueillir à son retour du travail. N'est-ce pas cela que les hommes recherchaient dans la vie ? Cette intimité confortable et prévenante ?

L'absence de colère ou de récrimination. Tout ce qui lui avait manqué pendant son enfance, même si, de temps en temps, il avait pu entrevoir la sérénité dans les humbles demeures des domestiques de son père. Il s'était parfois demandé pourquoi tout l'argent du monde ne pouvait pas acheter les plaisirs simples qui semblaient combler l'existence de la plupart des gens. Pour lui, la vie de famille symbolisait la dissidence et la tromperie. C'est peut-être pour cela qu'il avait passé sa vie d'adulte à l'éviter.

Pourtant, il devina qu'une tentative de trêve sous-tendait

la question polie de Kitty, et il lui avait fait une promesse que, étrangement, il tenait à honorer. Si elle l'avait harcelé ou exigé des réponses, il aurait peut-être rechigné, mais elle ne faisait ni l'un ni l'autre. Et sa douceur le troubla.

— Je suis sûr que toutes les personnes qui étaient présentes seraient d'accord sur le fait que c'était un triomphe. Mais je t'ai promis une discussion, tu te souviens ? Alors, je t'écoute.

Kitty se tordit nerveusement les mains. L'expression de Santiago était à la fois moqueuse et interrogative – comme s'il la mettait au défi de poser les questions qui bouillonnaient en elle depuis des semaines. Elle avait voulu plus que tout en savoir davantage sur le père de son futur enfant, mais maintenant que le moment était arrivé, elle avait peur. Elle savait que le savoir n'était pas nécessairement bénéfique. Parfois, il était préférable d'imaginer le meilleur, plutôt que de connaître le pire. Elle avait préféré penser que son père adoptif était un homme timide, et non qu'il lui en voulait et souhaitait son départ. Ce qui était la vérité, même si elle était difficile à supporter.

— Je t'ai parlé de mon enfance, dit-elle d'une voix faible. Je suppose que la tienne ne peut pas être pire.

— Je suis désolé de te décevoir, *rojà*, mais tu te trompes, déclara-t-il, le regard plus noir que la nuit.

Kitty resta immobile et silencieuse, comme si cette occasion de l'entendre se confier était une bulle fragile menaçant d'éclater au moindre mouvement.

— Je suis né à Buenos Aires, d'un père immensément riche et d'une mère qui était très belle. Mais la beauté vient de l'intérieur, n'est-ce pas ? ajouta-t-il avec une pointe de dureté dans la voix qui la fit frissonner.

Elle acquiesça, notant la tension qui émanait de tout son être.

— Mon père était beaucoup plus âgé que ma mère. C'est un stéréotype : une jeune beauté qui s'offre à un vieux pour profiter de ses largesses. On peut davantage parler de transaction que de relation…

Santiago s'interrompit un instant, le regard perdu dans ses pensées.

— Je suis né très rapidement après leur mariage. Dès que j'ai pris conscience du monde qui m'entourait, je me suis aperçu que leur union n'avait rien à voir avec un conte de fées.

Kitty préféra ne rien dire, devinant que ses questions ne lui apporteraient pas forcément les réponses qu'elle cherchait.

— Les enfants voient la réalité à travers un prisme, poursuivit-il en posant son regard sur un pot de fleurs aux couleurs vives, à l'extrémité de la terrasse. Je ne me souviens plus à quel âge je me suis rendu compte que les autres mères ne parlaient pas à leur mari avec mépris et dédain. Ou ne prenaient pas d'amants plus jeunes en les exhibant devant leur époux sans la moindre gêne. Ni qu'elles ne s'occupaient pas de leur enfant le moins possible et ne le confiaient pas sans cesse à des domestiques.

Kitty tressaillit, soudain incapable de garder son air impassible.

— Oh ! Santiago. Ça a dû être terrible !

— *Sí*, fit-il d'un ton presque désinvolte. Mais, de la même façon que pour toi, je n'avais pas de point de comparaison. C'était le seul modèle que j'avais et je l'ai accepté.

Il marqua une nouvelle pause, beaucoup plus longue, cette fois.

— Et puis, elle a fini par nous quitter.

— Quel âge avais-tu ?

— Douze ans.

Le silence qui suivit lui sembla si morne qu'elle se sentit obligée de le combler.

— Elle a dû te manquer…

Le visage de Santiago se tendit mais Kitty n'y lut pas de tristesse. Seulement de la colère.

— Est-on obligé d'aimer sa mère ? demanda-t-il durement. Pour dire la vérité, ma vie était infiniment plus sereine sans les querelles constantes et les tromperies. Mon père, c'était une autre histoire, ajouta-t-il avec un rire amer. Il s'est effondré.

— Donc, il n'a pas su être là pour toi ?

— Il a fait de son mieux et ça m'allait, répliqua Santiago en haussant les épaules. À l'aube de l'adolescence, la plupart des garçons apprécient qu'on les laisse libres et, avec le temps, nous avons appris à mieux nous connaître. La vraie difficulté est arrivée quelques années plus tard, quand ma mère a voulu revenir, acheva-t-il, la voix aussi dure que l'acier.

Kitty se redressa, légèrement tendue.

— Comment… cela s'est-il passé ?

Santiago hésita avant de répondre. C'était un sujet qu'il évitait, tant l'humiliation et l'horreur qui s'étaient ensuivies avaient été pénibles. Mais il avait promis d'être honnête avec Kitty. Et au fond, convoquer ce souvenir lui rappellerait à quel point la vie était plus simple lorsqu'on ne faisait confiance à personne.

— Mon père…

Il s'interrompit et poussa un soupir avant de reprendre.

— Mon père lui était pathétiquement reconnaissant d'être revenue. Il se pliait en quatre pour satisfaire ses caprices, même les plus coûteux et les plus excentriques. Ça me rendait malade de le voir se comporter ainsi. À mesure qu'il s'abaissait, elle le méprisait davantage. J'étais le spectateur involontaire et impuissant de ce drame. Nous avons fait un voyage culturel en Europe et je me souviens que les gens se moquaient d'eux en les regardant.

Il se tut et attendit – non, espéra – qu'elle simulerait un élan de sympathie qui l'agacerait au plus haut point. Alors, il se servirait un verre d'alcool fort et mettrait fin à cette conversation déplaisante.

Mais Kitty resta silencieuse. Elle se contenta de le fixer d'un regard calme, ses yeux verts protégés par son chapeau à large bord, et Santiago sentit son cœur se serrer. Il eut soudain envie de l'embrasser.

— Bien entendu, cela s'est mal fini. Comment aurait-il pu

en être autrement ? Nous sommes retournés à Buenos Aires, et c'est là que ma mère a installé son jeune amant à la maison.

— Pardon ? s'exclama Kitty en se départant de son calme. Comment est-ce possible ?

— La demeure était tellement vaste que mon père ne s'en est pas aperçu immédiatement, poursuivit Santiago, les traits tirés.

Un sentiment longtemps enfoui resurgit dans son esprit. De la tristesse, mêlée à autre chose d'indéfinissable. *Demande-moi*, songea-t-il. *Demande-moi si je le savais*. Elle ne le fit pas et inexplicablement, il le lui avoua, comme si le poids de cette culpabilité lui semblait soudain insupportable.

— Mais moi, j'étais au courant. Et je n'ai rien dit à mon père. Peut-être que si je l'avais fait, les choses auraient été différentes. En tout cas, il a fini par les surprendre au lit. Je crois que le terme en latin est « *in flagrante delicto* », acheva-t-il en serrant les mâchoires.

Elle porta la main à sa bouche.

— Oh ! Santiago !

— Il a ordonné à ma mère de partir, poursuivit-il en tentant d'oublier la rage qui l'avait gagné alors, en partie dirigée contre lui-même. Je pensais qu'il demanderait le divorce, qu'il la traînerait devant les tribunaux pour l'humilier publiquement, mais il n'en a rien fait. Et personne n'a jamais rien su, ni à l'époque ni après. Mon père s'est juste replié sur lui-même et il est devenu comme une coquille vide. C'était douloureux à regarder. Et puis, un jour, il m'a annoncé que nous partions en vacances. J'ai pensé que le vent avait tourné et que nous allions retrouver notre vie d'avant. Nous sommes allés tous les deux à Rio de Janeiro, dans une station balnéaire incroyable. Mon père semblait intéressé par les sorties, les bars et les restaurants.

Santiago, rassuré de voir son père revenir à une vie normale, s'était senti libre pour la première fois de sa vie. Il avait joué au volley-ball sur la plage et avait pris conscience des nombreuses beautés qui le regardaient avec un désir non dissimulé. Puis le destin funeste avait repris ses droits sur le cours de sa vie.

Il pencha la tête vers Kitty, cherchant encore chez la jeune femme un signe de pitié qui le ferait s'arrêter net dans ses confessions, mais son regard doux semblait seulement l'encourager à poursuivre.

— Nous sommes revenus à Buenos Aires et la vie s'est un peu améliorée. Quelque temps plus tard, mon père n'est pas rentré à la maison comme il l'aurait dû.

Santiago était resté seul, assis dans l'entrée du gigantesque manoir, jusqu'à ce que l'aube se lève sur la capitale et qu'on frappe un coup à la porte.

— La police est arrivée au petit matin pour m'annoncer qu'il avait eu un accident de la route et qu'il était mort. Une partie de moi s'est demandé s'il ne l'avait pas souhaité, poursuivit-il à voix basse. Si, au fond de lui, il ne préférait pas être mort plutôt que séparé d'elle.

— Oh ! Santiago, je suis désolée ! murmura Kitty d'une voix faible, et il hocha la tête. Est-ce que ta mère…

— Elle est venue à l'enterrement mais nous avons à peine échangé trois mots. Je ne l'ai plus jamais revue. C'était une garce sans cœur qui nous a humiliés, mon père et moi. Pourquoi aurais-je cherché à la revoir ? répondit-il à la question silencieuse qu'il lut dans le regard de la jeune femme. Comme ils n'ont jamais divorcé, elle a hérité de sa fortune, qu'elle a dilapidée avec de jeunes hommes de moins en moins convenables, avant de mourir à son tour, le corps usé par une vie d'excès en tous genres. Voilà. Comme tu peux le voir, tu n'as pas le monopole des enfances ratées, finalement.

Kitty acquiesça mais malgré son air bravache, son cœur s'était serré en entendant le récit de Santiago. Elle savait ce que c'était que de grandir avec un passé dramatique comme le sien, et elle comprit qu'elle ne pourrait rien dire qui soulagerait la douleur qu'il ressentait manifestement. Ni rien faire.

Mais elle en savait davantage à son sujet, à présent.

Elle comprenait mieux son opposition au mariage et à la paternité et, surtout, les raisons pour lesquelles il se montrait aussi cynique envers les femmes. Qui ne le serait pas dans sa situation ? Elle saisissait aussi en quoi la nouvelle qu'elle lui avait annoncée devait représenter son pire cauchemar. Et même si elle jugeait justifié le fait de ne pas lui avoir avoué tout de suite qu'elle était enceinte, il ne partageait pas cet avis. Il devait la mépriser de lui avoir caché l'existence du bébé. Chaque parcelle de raison qu'elle possédait lui disait que la chose la plus sûre était de tenir Santiago à distance.

Pourtant, elle hésitait. Plus tôt, elle avait voulu qu'il la réconforte, mais il semblait à présent que c'était lui qui en avait le plus besoin. Avec toute son innocence et son inexpérience, pouvait-elle aider cet homme qui essayait si fort de dissimuler sa douleur ?

Kitty se leva et s'avança en direction de Santiago, consciente qu'il ne la quittait pas du regard. Elle sentit l'étoffe soyeuse de sa nouvelle robe voleter contre ses cuisses quand elle s'immobilisa devant lui, légèrement essoufflée. Les yeux de Santiago brillaient comme du jais poli et sa peau bronzée était tendue sur ses pommettes saillantes. Jamais il n'avait semblé plus distant ou intouchable qu'en cet instant.

— Je ne veux pas de ta pitié, marmonna-t-il.

— Et tu ne l'auras pas, rétorqua-t-elle. Je déteste passionnément la pitié.

Pendant une seconde, elle crut qu'il allait se détourner d'elle tant son corps était tendu, mais soudain il sembla abandonner toute résistance et le regard qu'il lui lança était empreint d'un autre type de tension.

— C'est un terrible gaspillage de passion, dit-il d'une voix rauque.

— Vraiment ? chuchota-t-elle sans le quitter des yeux.

Santiago la fixa sans un mot pendant ce qui lui parut une éternité, puis il l'attira dans ses bras et plaqua les lèvres sur les siennes. Kitty ne put réprimer un frisson tant ce baiser était sauvage. Presque brutal. Mais cela lui importait peu, c'était même encore meilleur ainsi.

Quand il la prit dans ses bras pour l'amener dans la suite, tel un vainqueur brandissant son butin, elle gémit de bonheur et fut envahie d'une vague de désir encore plus puissante que les fois précédentes.

11.

C'était mal.

Tout en portant Kitty dans ses bras jusqu'au lit, Santiago savait que c'était mal et pourtant, il ne pouvait s'en empêcher.

Avait-il vraiment le choix ? Comment résister à la douce invitation que chaque centimètre de ce corps délicieux lui envoyait ?

En la déposant à terre, il se demanda pourquoi il s'était autant confié. Ne risquait-il pas de se rendre vulnérable en s'exposant de la sorte ? Mais ces pensées contradictoires s'évanouirent quand il sentit la langue de Kitty dans sa bouche. Alors que la jeune femme s'abandonnait dans ses bras, il lui enleva sa robe qu'il laissa tomber sur le sol avant de se débarrasser de son jean et de son T-shirt. Son cœur battit la chamade quand il la poussa doucement vers le lit et il ne put retenir un grognement de désir en la contemplant.

D'habitude, il savait se contrôler parfaitement et faire gémir une femme encore et encore avant de se laisser engloutir par son propre plaisir. Mais en cet instant, il était en proie à une faim si écrasante qu'il ne voulait qu'une chose : plonger dans la chaleur liquide de Kitty et se perdre dans sa douceur.

Il se força à calmer son ardeur, tout en ôtant lentement le soutien-gorge en dentelle verte de la jeune femme qui s'accordait si bien avec ses yeux et qu'elle avait manifestement acheté aujourd'hui, en même temps que la robe. Lorsque le minuscule string voltigea sur le côté du lit, il se répéta comme un mantra qu'elle n'était pas différente des autres.

Pourtant, elle semblait différente.

La situation l'était.

C'est comme si on lui avait arraché une partie de lui-même, le laissant exposé et endolori, et le corps de Kitty était le baume dont il avait besoin pour se guérir.

Il s'allongea sur le lit et la prit dans ses bras. Elle lui caressa les épaules et le dos et il sentit ses lèvres le frôler. Son toucher était magique et pur. Il gémit. Comment une femme aussi inexpérimentée pouvait-elle lui faire cet effet ?

Il frissonna en la pénétrant, se délectant de la façon dont son corps se resserrait autour de lui. Comme si c'était la première fois. Pour elle comme pour lui. Puis il la chevaucha, prudemment au début, mais bientôt elle le pressa d'intensifier ses mouvements en se cambrant pour venir à sa rencontre. Était-ce parce qu'elle portait son bébé que ses sens semblaient s'emballer, ou parce qu'elle en savait plus sur lui qu'aucune femme auparavant ?

Sans doute les deux raisons étaient-elles inextricablement liées.

Puis, tout ne fut plus qu'une question de rythme et de sensations. Santiago ne pensait plus. Il était perdu. Perdu dans quelque chose qu'il ne comprenait pas. Il sentit la contraction de ses muscles lorsque l'orgasme explosa en lui et il étouffa un murmure incompréhensible contre le cou de Kitty.

Tandis que les battements de son cœur reprenaient un rythme normal, il recouvra peu à peu ses esprits, baigné dans un sentiment de calme, de tranquillité et de paix. La tête de Kitty reposait sur sa poitrine et le rythme rapide de son souffle était chaud contre sa peau. Il passa distraitement les doigts dans les boucles emmêlées de la jeune femme.

— *Fue increible*, se contenta-t-il de murmurer.

Kitty ne lui demanda pas de traduire. Le plaisir évident qu'elle ressentait dans la voix de Santiago lui suffisait.

Mais était-ce *vraiment* suffisant ?

Le sexe avec lui était merveilleux, mais au fond, ce n'était qu'une distraction. Et après ? Ils n'avaient toujours pas décidé de la suite.

La fatigue l'emporta avant qu'elle puisse y penser davantage. Elle dut s'assoupir un moment, car lorsque ses paupières se rouvrirent, elle aperçut Santiago à l'autre extrémité de la pièce. Il portait une serviette blanche enroulée autour des hanches et l'eau qui ruisselait de ses cheveux noirs indiquait qu'il sortait de la douche. Pendant quelques secondes, elle fut incapable de prononcer le moindre mot tant elle le trouva beau. Ils venaient de faire l'amour, ce qui était sans doute ce qu'il pouvait y avoir de plus intime entre deux personnes et pourtant, le fait de le voir aussi détendu la toucha au plus profond. Cela indiquait qu'ils étaient passés à un autre niveau de proximité et de confiance. Soudain, elle se rendit compte que c'était ce qu'elle voulait. Plus que tout.

Comme elle, Santiago s'était ouvert et avait révélé certaines de ses blessures, qui lui avaient laissé de profondes cicatrices. Un homme tel que lui ne se livrait pas à la légère, elle en était persuadée. Cela n'impliquait-il pas qu'il commençait à lui faire confiance ? Serait-il fou d'espérer qu'ils puissent se forger un avenir commun ?

Elle humecta ses lèvres sèches et vit le regard de Santiago s'assombrir.

— Santiago ?

— Il faut que tu t'habilles, dit-il brusquement. Nous allons à une soirée, l'as-tu oublié ?

Kitty secoua la tête, un peu confuse. En effet, cet événement n'était pas en tête de ses priorités, mais elle s'en souvenait à présent.

— Combien de temps me reste-t-il ? fit-elle calmement, se retenant de lui demander pourquoi il ne venait pas l'embrasser.

Une goutte d'eau coula le long de son torse puissant.

— Est-ce qu'une heure te suffira ?

— Bien sûr.

Elle se dirigea vers la salle de bains, gênée par sa nudité et espérant qu'il ne verrait pas qu'elle était déçue de la distance qu'il affichait, après s'être montré si passionné quelques instants auparavant. Au fond, peut-être était-ce normal de se comporter ainsi dans son monde sophistiqué. Tout en inclinant le pommeau de la douche pour ne pas mouiller ses cheveux, elle tenta de se convaincre que la réaction de Santiago était tout à fait normale. Ils avaient fait l'amour, voilà tout. Et le sexe avait été merveilleux – même elle le savait –, mais ça n'avait pas pour autant transformé ce phobique de l'engagement en un amoureux transi. Si elle commençait à nourrir des attentes romantiques ou déraisonnables, elle finirait déçue ou blessée. Voire les deux à la fois.

Et si Kitty avait appris une chose, dans la vie, c'était de ne jamais nourrir d'attentes.

Elle sortit de la douche et jeta un œil à la rangée de nouvelles tenues complètes accrochées dans son dressing, avec leurs accessoires. La styliste s'était révélée charmante. Elle ne lui avait rien proposé de jaune et lui avait gentiment suggéré de ne pas s'inquiéter du prix de ces articles.

« Le *señor* Tevez peut se le permettre », s'était-elle contentée de dire.

Kitty n'en doutait pas, mais elle avait néanmoins refusé tous les bijoux proposés pour accompagner les vêtements. Tandis qu'elle optait pour une robe qu'elle n'aurait jamais imaginé porter un jour – un fourreau en soie bleu marine –, elle ne put s'empêcher de se demander combien de femmes avaient profité de la générosité de Santiago auparavant. Les habillait-il toutes ainsi, comme les poupées de papier qu'elle avait fabriquées enfant, afin de ne pas avoir honte d'être vu avec elles en public ?

Bien sûr que non, songea-t-elle en se rappelant les articles qu'elle avait lus à son sujet sur Internet. Les top-modèles et les héritières avec qui il était photographié avaient certainement déjà une garde-robe bien fournie.

Elle avait bénéficié de sa charité. Voilà tout.

Kitty appliqua d'une main tremblante un peu de mascara

sur ses cils, ainsi que du gloss, puis elle attacha ses sandales à talons hauts.

Lorsqu'elle entra dans le salon, Santiago leva les yeux de son ordinateur et émit un long sifflement silencieux.

— Ça me va bien ? demanda-t-elle, un peu anxieuse.

— Si ça te va bien ? répéta-t-il lentement en se levant du bureau pour s'approcher d'elle, sa chemise de soie pâle révélant un aperçu de sa peau cuivrée au niveau du cou. C'est au-delà de ça. Tu es spectaculaire, *rojà*, et j'ai une envie folle de t'embrasser. Mais si je le fais, je ne pourrai pas m'arrêter et cela nous mettra inévitablement en retard.

Elle faillit répliquer qu'un peu de retard n'aurait aucune espèce d'importance, mais elle n'osa pas. Ne lui avait-on pas toujours dit qu'une femme ne devait jamais faire le premier pas ? Kitty n'avait aucun modèle sur lequel s'appuyer. Personne ne lui avait appris à avoir confiance en elle.

Elle parvint à se détendre un peu dans la limousine tandis qu'ils sillonnaient les rues immaculées de Perth. Santiago lui fit découvrir quelques-uns des sites spectaculaires de la ville, traversée par le fleuve Swan, appelé « rivière des cygnes » en hommage à la colonie de ces oiseaux noirs qui peuplent la région. La voiture s'arrêta enfin devant l'hôtel où avait lieu la réception et ils prirent l'ascenseur en verre pour rejoindre le bar en terrasse sur le toit.

— Si les gens me demandent qui je suis et ce que je fais ici, que dois-je leur dire ? demanda-t-elle nerveusement alors qu'ils s'arrêtaient au dernier étage du gratte-ciel.

— Tu leur dis que tu es avec moi, répondit Santiago en souriant d'un air moqueur. Je laisse tout le reste à ta discrétion.

— Je ferai de mon mieux, répliqua Kitty en tirant nerveusement sur le bord de sa jupe.

— Contente-toi d'être toi-même, ce sera parfait, fit-il en plongeant les yeux dans les siens.

Elle sentit son cœur fondre, car personne ne lui avait jamais dit quelque chose d'aussi gentil de toute sa vie.

Santiago observa Kitty tandis qu'elle entrait dans le bar la tête haute et il vit les regards de ses avocats et des divers investisseurs se poser sur elle, comme s'ils étaient pris par surprise. Ce qui était sans doute le cas. Malgré le cadre luxueux et chaleureux, il s'agissait d'une soirée d'affaires et non du genre de réception où l'on s'attendait à le voir accompagné. Surtout par une femme comme Kitty O'Hanlon.

Il faut dire qu'elle était éblouissante dans cette robe bleu foncé qui mettait en valeur les courbes fermes de son corps et soulignait la rondeur de ses seins. Ses cheveux épais étaient sagement accrochés en chignon au-dessus de sa tête mais des boucles rousses retombaient sur ses joues. Malgré son allure sophistiquée, sa douceur et son innocence transparaissaient et il comprit soudain que la dernière chose qu'il voulait était la blesser.

Comment allait-il s'y prendre ?

Toutes les femmes avec qui il avait eu une liaison avaient prétendu souffrir, car il était incapable de s'impliquer sur le plan sentimental.

Incapable ? se demanda-t-il en serrant les mâchoires.

Ou tout simplement réticent ?

D'une main, Santiago prit doucement Kitty par le coude et il la présenta à quelques personnes, puis il l'écouta charmer deux des avocats les plus prospères de l'État par sa naïveté et son intérêt sincère.

Se sentant assez confiant pour la laisser se débrouiller seule, il la quitta un instant pour discuter avec des gens, puis il fit un bref discours pour remercier son équipe et lever son verre en guise de salutations. Quand Kitty l'applaudit avec un enthousiasme sincère, il sentit une bouffée de plaisir le gagner.

Dans la voiture, sur le chemin du retour, il se tourna vers elle avec curiosité.

— Que te racontait Jared Stone ?

— Qu'il envisageait d'adopter un chiot, répondit-elle en le regardant.

— Tu plaisantes ?

— Non, pourquoi ?

— Ce type est si dur qu'on dit qu'il mange de la limaille de fer au petit déjeuner.

— Tout le monde peut changer, fit-elle pensivement.

Fou de désir et impatient d'arriver à l'hôtel, il l'emmena directement au lit et, après l'avoir fait jouir trois fois, il commanda des œufs brouillés à la réception et les lui donna à la cuillère.

Puis il l'observa tandis que, visiblement épuisée, Kitty s'adossait contre la pile d'oreillers en plumes.

— Tu vas bien ? demanda-t-il d'une voix inhabituellement douce.

— Je crois que oui, murmura-t-elle en se mordillant la lèvre inférieure. C'était…

— Mmmh ?

— Incroyable, dit-elle enfin.

— Les œufs ou le sexe ?

— Les deux, en fait, répliqua-t-elle, les joues roses. Je ne crois pas avoir jamais pris un repas au lit avant ce soir, sauf quand j'étais malade…

Ses mots étaient ceux de quelqu'un dont l'enfance a été privée de beaucoup de plaisirs et, malgré le contraste énorme entre leurs origines, Santiago se sentit plus proche d'elle que jamais.

— Quand as-tu pris des vacances pour la dernière fois, Kitty ?

Ses yeux vert émeraude s'étrécirent et elle lui lança un regard suspicieux.

— Et toi ?

Un point pour elle.

— J'ai réfléchi, déclara-t-il lentement. J'ai envie de t'emmener passer quelques jours dans le Territoire du Nord.

Kitty tripota un peu le drap froissé avant de lever les yeux vers lui.

— Pourquoi ?

Santiago haussa les épaules.

— C'est la saison sèche là-bas. Il fait meilleur qu'à Perth et c'est une partie du monde étonnante. Je ne sais pas ce que tu penses des crocodiles et des serpents, mais je te promets de te garder à bonne distance des deux.

— Non, je voulais dire, pourquoi veux-tu m'emmener en vacances ? demanda-t-elle, une lueur de méfiance dans les yeux.

En dehors du fait que Santiago n'était pas habitué à ce que ses invitations soient accueillies avec une telle tiédeur, c'était une question qu'il aurait habituellement éludée. Mais Kitty était enceinte et il ne pouvait pas continuer à se dissimuler derrière son armure habituelle.

Enceinte.

Un picotement inexplicable le parcourut.

— Je crois que nous devons apprendre à mieux nous connaître, finit-il par avouer.

Puis, afin d'éviter qu'elle ne commence à élaborer des fantasmes insensés, il lui lança un regard froid. Le genre d'expression qu'il adoptait quand il était sur le point d'entamer une négociation. Il ne put s'empêcher de lui sourire malgré tout avant d'ajouter :

— Nous avons l'avenir d'un enfant à gérer, n'est-ce pas, Kitty ?

12.

Adossé à la toile épaisse de la tente, Santiago était en train de se servir un verre d'eau glacée quand son attention fut attirée par un cahier posé sur une table à proximité.

— Qu'est-ce que c'est ? demanda-t-il avec curiosité.

— Rien, répondit vivement Kitty.

— Ça ne ressemble pas à rien, poursuivit-il en lui jetant un regard interrogatif. Tu permets que je regarde ?

— Bien sûr, fit-elle en rougissant, un peu gênée.

Elle n'avait jamais eu l'intention de lui montrer ses dessins. Encore moins le croquis qu'elle avait fait de lui… Allongée entre les draps froissés, elle regarda Santiago extraire la feuille du cahier puis la contempler.

— C'est moi, dit-il lentement avant de froncer les sourcils pour observer le dessin de plus près. Est-ce que je ressemble vraiment à ça ?

— Parfois, répondit-elle.

Il avait l'air si grave qu'elle se demanda si son croquis ne l'avait pas offensé. Elle l'avait réalisé pendant leur vol, de Perth à Wallaby Wilderness, un luxueux site de tourisme de plein air situé au bord d'une large rivière, à l'extrême nord du pays. Durant le voyage, Santiago s'était plongé dans les termes d'un contrat visiblement compliqué et les promesses de vacances avaient semblé s'éloigner à vue d'œil. Après avoir longuement contemplé le vaste paysage qui s'étendait à l'infini derrière le hublot, Kitty avait commencé à dessiner son profil – son crayon le saisissant exactement tel qu'elle l'avait vu ce jour-là. À présent, elle était consciente que ses traits sur le croquis étaient durs. Sévères. Presque féroces. Les lèvres sensuelles de Santiago ne souriaient pas et sa mâchoire était serrée. C'était le portrait d'un homme beau mais infiniment distant, c'est pourquoi elle l'avait hâtivement glissé dans le cahier quand elle l'avait achevé. Sans imaginer que Santiago tomberait dessus par hasard.

— Ce n'est pas un portrait particulièrement flatteur, observa-t-il.

— Peut-être pas… La vérité l'est rarement.

— Tu crois ?

Il déposa le dessin et traversa la tente, ses yeux noirs et brillants rivés sur elle.

Le cœur de Kitty s'emballa car elle savait ce que ce regard signifiait.

— C'est ce qu'on dit, murmura-t-elle en rougissant.

— Vraiment ?

Il s'assit sur le bord du lit et tendit la main vers l'un de ses seins. Il saisit le mamelon entre le pouce et l'index et le frotta doucement pour qu'il durcisse sous sa caresse.

— Si je te disais que tu es belle, tu me croirais, Kitty ?

— Non, répondit-elle en secouant la tête. Parce que ce n'est pas vrai.

— Ou que j'ai envie de toi à nouveau ?

Cela, *en revanche*, était plus facile à croire car Santiago semblait la désirer en permanence. Quand il pencha la tête pour aspirer le téton dans sa bouche, Kitty gémit de plaisir. Le sexe était décidément quelque chose d'extraordinaire. De quoi vous embrouiller et vous faire oublier la raison pour laquelle vous vous trouviez dans une tente aussi vaste qu'une maison.

Leur lodge comportait même plusieurs *pièces* : un dressing, une salle de bains et un espace qui servait de salon et de chambre, avec un lit gigantesque surmonté d'une moustiquaire qui lui donnait un air rétro. Au-dessus d'eux ronronnait un ventilateur géant.

Il aurait été très facile de les prendre pour un couple d'amoureux en vacances.

Sauf qu'ils ne l'étaient pas.

— Santiago, chuchota-t-elle.

Il leva la tête et plongea ses yeux embrumés de désir dans les siens.

— Qu'y a-t-il ?

Elle voulait lui rappeler qu'ils ne pouvaient plus se laisser distraire plus longtemps par cette incroyable alchimie. Ils étaient censés parler de leur bébé. Mais, au fond, n'appréhendait-elle pas cette discussion qui inévitablement, modifierait leur relation ? Voilà ce qui arrivait quand on s'impliquait dans une relation avec un homme. Kitty n'avait pas prévu d'être captivée à ce point par Santiago, de rire à chacune de ses blagues, d'admirer le travail caritatif qu'il menait discrètement, comme Jared Stone le lui avait dit à Perth. Ni de se sentir à ce point en sécurité en sa présence.

— Nous n'avons pas beaucoup parlé…

— C'est surfait, grogna-t-il.

— Je sais, poursuivit-elle en souriant. Mais…

Il s'écarta et examina son ventre avec précaution.

— Est-ce que tu te sens bien ?

Son ton était plein de sollicitude, mais Kitty en voulait davantage. Elle aurait aimé qu'il pose une main possessive sur son ventre et qu'il reconnaisse la petite vie qui grandissait en elle. Mais Santiago ne la touchait que de manière sexuelle et même la référence la plus indirecte à sa grossesse était toujours accueillie avec détachement.

Voilà la réalité, songea-t-elle avec amertume. Pas le fantasme d'une parentalité partagée qui vivait malgré elle au fond de son cœur.

— Tout va bien.

— Tu n'es pas malade ?

— Non, je me sens en pleine forme depuis que nous sommes arrivés ici. Le truc, c'est que…

— Plus tard, *rojà*. Pas maintenant.

Santiago interrompit la conversation qu'il sentait arriver par un baiser. Et il dut reconnaître une fois de plus que les lèvres de Kitty étaient plus douces que tout ce qu'il avait connu auparavant. Aussi douces que du miel.

Pourtant, il avait toujours associé le miel aux pièges, à la tromperie et à la cruauté.

Il fit glisser ses doigts sur sa peau soyeuse et elle gémit de plaisir. Il savait ce qu'il voulait, ou plutôt, ce qu'il ne voulait *pas* : s'attacher à une seule femme et s'exposer aux possibles manipulations et tromperies.

Mais depuis quelque temps, il ressentait au fond de lui une douleur nouvelle et un besoin impérieux de protéger l'enfant que portait Kitty.

Son enfant.

La responsabilité que cela impliquait planait au-dessus de son esprit comme un nuage funeste. Il serra les mâchoires. Il était prêt à offrir à Kitty la sécurité qu'elle demandait, à condition qu'elle accepte et comprenne ses limites.

Il patienta jusqu'au dîner. Ils se régalèrent de poisson barramundi parfumé aux baies de poivre et à la tomate ainsi que d'un délicieux sorbet à l'orange sanguine. Santiago venait d'annoncer à Kitty qu'ils partiraient tôt lendemain matin, mais il avait refusé d'en dire plus sur l'objet de ce voyage mystérieux.

À présent que le moment était arrivé, il se trouvait étrangement réticent à parler. Il fixa le verre de vin rouge qu'il avait à peine touché, puis leva les yeux vers la jeune femme assise en face de lui. Ses boucles flamboyantes tombaient sur ses épaules et elle portait une robe soyeuse de la couleur des feuilles d'automne. Elle était *réellement* magnifique.

— Il faut que l'on discute de ce que nous allons faire à partir de maintenant. Tu ne penses pas ?

Les yeux émeraude de Kitty s'assombrirent légèrement.

— Tu veux parler de la prochaine ville où ton jet se posera ?

Il devina qu'elle était tendue, malgré sa plaisanterie.

— Non, fit-il doucement en caressant le pied de son verre en cristal. J'ai quelques suggestions à te faire.

Il parlait lentement, conscient qu'il fallait à tout prix éviter que ses mots soient mal interprétés.

— Je suis évidemment en mesure de te procurer un revenu qui te permettra d'avoir ta propre maison ou ton appartement. Bien entendu, je suis prêt à me montrer généreux envers toi et le bébé.

— C'est très… gentil de ta part, répondit-elle d'une voix faible.

Il la fixa comme pour détecter un sarcasme sur ses traits, mais il ne vit rien d'autre que de la méfiance, ce qui lui donna le courage de poursuivre.

— J'ai une autre proposition qui pourrait être plus intéressante.

— Continue.

— Je pense que la façon la plus simple de régler cette situation serait de nous marier.

— Nous marier ? répéta-t-elle comme si elle n'avait pas bien entendu.

Il haussa les épaules.

— C'est logique. Cela vous donnera, à l'enfant et à toi, la sécurité dont vous avez besoin.

— Je sais mais… le *mariage* ?

S'était-il attendu à de la gratitude ou de la joie ? Sans doute. Pourtant, le visage de Kitty sembla devenir plus pâle que jamais et, en guise de réponse, il n'eut droit à aucun sourire ni remerciement.

— Quelqu'un doit hériter de ma fortune, Kitty.

— Tu présentes ça de façon très formelle… presque contractuelle.

— Bien sûr. Établir des contrats, c'est mon travail. C'est ainsi que je vis.

— Mais toujours en tant que célibataire, objecta-t-elle. Tu as été très clair sur ce point dès notre première rencontre.

— C'est vrai que je n'avais pas prévu de me marier et maintenant que tu en sais davantage à mon sujet, je pense que tu comprends aisément pourquoi. Ce n'était pas un choix difficile, dans la mesure où je n'avais jamais rencontré quelqu'un qui aurait pu faire une bonne épouse, ajouta-t-il avant de marquer une pause. Avant toi.

Il vit flamber une lueur d'espoir dans le regard de la jeune femme.

— C'est l'une des raisons pour lesquelles je t'ai emmenée en Australie. Je voulais voir si tu étais capable de t'intégrer dans mon monde et, apparemment, c'est le cas. Tu es agréable et gentille. Les gens t'aiment bien. J'ai vu comment ils devenaient chaleureux à ton contact. Et puis je t'apprécie.

— Eh bien !

— Tu ne sembles même pas particulièrement intéressée par ma richesse, reprit-il sans tenir compte de son ton sarcastique. La styliste de Perth m'a dit que tu avais refusé tous les bijoux qu'elle t'avait proposés. Je t'assure qu'il n'y a pas beaucoup de femmes qui auraient fait ça. Qui dirait non à un diamant ? acheva-t-il avec un petit rire.

Kitty resta silencieuse quelques instants avant de hocher doucement la tête.

— Donc, j'étais en train de passer un test, dit-elle lentement. Pendant tout ce temps où nous étions ensemble en Australie, tu m'as soumise à une sorte d'évaluation de mon caractère. C'est pour cette raison que tu m'as amenée ici.

— N'as-tu pas fait exactement la même chose avec moi, lorsque tu t'es rendue à Bali pour décider si je ferais un bon père ou non ?

Elle haussa les épaules, visiblement mal à l'aise.

— Je suppose que si…

— Alors, quel est le problème ?

— Il se trouve que le mariage est plus qu'un bout de papier, Santiago, ou qu'une série de cases à cocher, s'exclama-t-elle d'une voix tremblante. C'est une question de fidélité, d'engagement et… *d'amour.*

— Je peux te promettre la fidélité et l'engagement, répliqua-t-il. Mais je ne fais pas dans l'amour.

Sa voix était plus dure à présent, il le savait. La vérité ne valait-elle pas mieux qu'un rêve brisé ou que des attentes frustrées ?

— D'ailleurs, pour être honnête, je ne saurais même pas comment faire.

— Et tu n'as jamais été autre chose qu'honnête, n'est-ce pas, Santiago ?

Il l'étudia durant un long moment.

— Est-ce une critique, Kitty ?

— Non, fit-elle en secouant la tête. Seulement un fait. Et ça me va. Tu m'as dit ce que tu avais à l'esprit. Tu as mis le mariage sur la table et j'aimerais… y réfléchir.

— Y réfléchir ? répéta-t-il, incapable de cacher sa stupéfaction.

— Ne me dis pas que tu t'attendais à une réponse immédiate… Ah ! je vois à ton expression que c'était le cas, ajouta-t-elle en lui lançant un regard amusé. Une demande en mariage, c'est quelque chose d'important. Laisse-moi un peu de temps, s'il te plaît.

Kitty s'efforça de garder son calme lorsqu'ils se levèrent de table et, pourtant, elle était dans un état d'agitation extrême. Elle avait hâte de quitter le décor romantique du restaurant, avec ses bougies et son ciel étoilé. Alors qu'ils se dirigeaient vers leur tente, elle se souvint qu'ils avaient passé la majeure partie de leur après-midi au lit. Il était donc logique qu'ils ne fassent pas l'amour ce soir.

Tandis que la main que Santiago avait passée autour de sa taille se détendait et que sa respiration prenait le rythme régulier du sommeil, Kitty fut soulagée de ne plus avoir à parler, car elle avait encore du mal à croire qu'il lui avait demandé d'être sa femme. Une autre aurait pu se satisfaire des conditions froides qu'il avait posées. Mais pas elle. Pas après ce qu'elle avait vécu.

Elle mit un temps fou à s'endormir, hantée par les mots qu'il avait prononcés.

Je ne fais pas dans l'amour.

Bien sûr que non. Elle le savait depuis le début. En revanche, elle ne pouvait pas en dire autant d'elle-même et c'était bien le problème. Car elle était tombée amoureuse de Santiago, elle s'en rendait compte à présent. Stupidement mais irrévocablement. La gentillesse et la considération dont il avait fait preuve tout au long de leur voyage n'avaient rien arrangé. Il était bien plus facile de lui résister lorsqu'il était arrogant.

Santiago la réveilla juste avant l'aube et Kitty le regarda à travers des yeux embrumés de sommeil.

— Il est l'heure de se lever.

— Quoi ?

— Je t'ai promis une surprise, tu te souviens ?

— Mais on est au milieu de la nuit, grommela-t-elle.

— Habille-toi, *rojà*, insista-t-il doucement. Tu vas voir. Ça en vaut la peine.

— Où va-t-on ?

— Un peu de patience.

Kitty n'avait qu'une envie, s'enfouir sous les draps pour oublier le poids qui pesait sur son cœur, mais elle se résolut à lui obéir et finit par se lever. Elle enfila une chemise en soie à manches longues et un pantalon cargo et sauta à bord du 4-4 couvert de boue qui les attendait, conduit par une guide enthousiaste prénommée Dani. Celle-ci les emmena jusqu'à un billabong, une vaste étendue d'eau paisible, parsemée de nénuphars et éclairée par le rose pâle de l'aube. Ils embarquèrent à bord d'un bateau en bois et Kitty s'accrocha fermement à la rambarde tandis qu'ils avançaient sur l'eau tranquille. C'était tout simplement féerique.

Si seulement tout cela n'avait pas eu l'air aussi *romantique*… Car ça ne l'était pas. Tout comme le décor de théâtre du restaurant de la veille, ou les panoramas merveilleux de Bali que Santiago lui avait fait découvrir. Elle devait fermement se le rappeler. Il n'était *pas* romantique. Et le fait qu'elle souhaite qu'il en soit autrement ne changeait rien.

Ils dérivaient lentement sur le billabong, qui se couvrait de nuances à mesure que le soleil se levait dans le ciel. Soudain, Dani indiqua un point sur l'eau et Kitty vit une forme sombre recouverte d'écailles émerger lentement.

Son cœur s'emballa dans sa poitrine, partagé entre terreur et excitation.

— C'est un crocodile, chuchota-t-elle.

— Un beau spécimen, confirma leur guide avec un sourire.

— J'espérais qu'on en verrait un, mais il n'y a jamais de garantie, dit Santiago en entourant la taille de Kitty de ses mains protectrices. Tu n'as pas peur, n'est-ce pas, *rojà* ?

Elle secoua la tête. S'il savait ! L'énorme bête qui nageait tranquillement devant eux l'inquiétait moins que ses propres émotions.

— C'est le plus grand reptile sur terre et il est apparenté aux dinosaures, expliqua Dani. Ce crocodile d'eau salée que vous voyez est l'un des prédateurs les plus redoutables de la planète. Il n'a pas changé depuis deux cent cinquante millions d'années. C'est incroyable, n'est-ce pas ?

Kitty acquiesça, impressionnée, et quand l'animal préhistorique plongea silencieusement et disparut sous la surface, elle se sentit insignifiante.

Elle pensa à Santiago qui, à bien des égards, lui faisait penser à ce crocodile. Non pas parce qu'elle le trouvait un peu dinosaure par certains côtés. Non. Ce qui la dérangeait, c'était son pouvoir – perçu et réel. Qui le rendait aussi attirant que dangereux. En tout cas pour quelqu'un comme elle, qui avait peu de défenses pour résister à son impressionnant charisme. Santiago évoluait dans un monde de haute voltige et il était la personnification du succès. Les gens l'admiraient et l'enviaient. Elle se souvint des commentaires déférents qu'elle avait entendus à son sujet lors de la fête à laquelle il l'avait emmenée à Perth – Jared Stone avait déclaré que Santiago Tevez faisait de l'ombre aux autres entrepreneurs. Pour le milliardaire argentin, les choses se déroulaient selon ses propres conditions. Et ce serait toujours le cas.

Elle se rendait compte que ses sentiments pour lui avaient évolué avec le temps. Elle se sentait bien en sa compagnie, ce qui faisait peser une nouvelle menace sur leur relation, car cela la rendait vulnérable. Elle regarda les dernières ondulations à la surface de l'eau, seuls témoignages de la présence du crocodile. Et elle sut qu'elle n'avait plus le choix.

— Peut-on rentrer maintenant, s'il te plaît ? demanda-t-elle à voix basse.

— Bien sûr, répondit Santiago sans lui demander pourquoi.

Kitty resta silencieuse durant le trajet de retour vers Wallaby Wilderness. Son instinct lui disait de se replier sur elle-même, comme elle avait appris à le faire quand elle était enfant. Peut-être dirait-elle à Santiago qu'elle avait besoin d'un peu plus de temps pour réfléchir à sa proposition ? Au fond, elle avait surtout envie de rentrer en Angleterre, de fuir le problème en espérant qu'il se résolve de lui-même.

Elle prit une grande inspiration. Elle devait parler à Santiago mais, avant cela, il fallait qu'elle mange quelque chose et qu'elle reprenne des forces. Ils ne devaient pas entrer en conflit pour le bien de leur bébé. C'était l'essentiel à ses yeux. Elle attendit donc qu'on leur serve un petit déjeuner et, après s'être régalée de fruits frais et de crêpes et s'être désaltérée avec un pichet de thé glacé, elle s'installa avec Santiago sur la terrasse pour observer les wallabies qui jouaient dans le bush devant eux.

Pendant quelques secondes, Kitty s'accrocha à cet instant de bonheur simple, avant de se rappeler que ce n'était qu'un mirage.

— Je ne peux pas t'épouser, Santiago.

Il ne protesta pas. Son visage resta aussi impassible que

d'habitude. Pourtant, elle aurait voulu qu'il l'enlace et qu'il la serre dans ses bras.

Tu es folle, Kitty.

— Pour quelle raison ? finit-il par demander froidement.

Elle se mordilla la lèvre. Pas question de se laisser influencer par ses propres désirs. Santiago devait comprendre la situation dans son ensemble.

— Tu te souviens quand je t'ai parlé de mon enfance ? demanda-t-elle lentement. Après avoir quitté le presbytère, j'ai été accueillie par un couple marié qui était soi-disant désespérément à la recherche d'un enfant.

Il hocha brièvement la tête.

— Oui.

— Ce que je ne t'ai pas dit, c'est que ma mère adoptive aimait follement son mari, mais qu'il ne partageait pas ses sentiments. Il la supportait, mais il ne l'aimait pas et elle faisait tout ce qui était en son pouvoir pour tenter de le rendre heureux. Et s'assurer qu'il n'aille pas voir ailleurs, je suppose. Très rapidement, elle a compris à quel point il détestait ma présence et elle a décidé qu'il fallait me mettre à l'écart.

— Te mettre à l'écart ? répéta Santiago avec une légère note d'effroi dans la voix.

— Oh ! je ne veux pas dire qu'ils m'ont enfermée dans le sous-sol ou quoi que ce soit de ce genre, reprit vivement Kitty. On m'a simplement encouragée à rester dans ma chambre. Et à ne pas approcher mon père adoptif. Je n'ai pas eu besoin qu'on me le répète parce que, crois-moi, quand quelqu'un s'oppose à ta présence, tu as toi-même envie de disparaître. C'est à cette époque-là que je me suis mise à dessiner. C'était à ma portée et ça ne coûtait quasiment rien. C'est aussi la raison pour laquelle j'ai quitté l'école très jeune, et je suis devenue nounou. Je suppose que j'avais besoin de m'évader.

— C'est une histoire douloureuse, admit Santiago. Mais je ne vois pas ce que tout cela a à voir avec nous, Kitty.

Elle faillit s'écrier qu'il n'y avait pas de « nous », mais elle parvint à se retenir.

— C'est pour cela que j'ai hésité à t'imposer le rôle de père si tu ne le voulais pas, car j'ai vu les dégâts que cela peut occasionner. Tout comme j'ai été témoin des ravages provoqués par le fait d'aimer sans que ce soit réciproque. Et…

Elle prit une grande inspiration pour se donner le courage de poursuivre.

— Et je suis terrifiée à l'idée que l'histoire se répète, Santiago. Parce que je me trouve dans une situation similaire à celle de ma mère adoptive, une situation que je méprisais tant.

— De quoi diable parles-tu, Kitty ?

Ça faisait mal qu'il ne soit même pas capable de deviner. Qu'elle soit obligée de l'avouer, comme un criminel pris en flagrant délit.

— Je suis tombée amoureuse de toi, Santiago. Ce n'était pas mon intention, crois-moi, mais la vérité s'est imposée à moi sans que j'y prenne garde. Sauf que tu ne fais pas dans l'amour – tu me l'as dit à plusieurs reprises. Et même si c'était le cas, tu ne choisirais probablement pas une femme comme moi.

Elle s'interrompit et fixa le fond de thé glacé dans son verre.

— Je ne veux pas passer ma vie à marcher sur la pointe des pieds à côté de toi, à essayer de te satisfaire et craindre de t'agacer, ce qui arrive forcément quand, dans un couple, une personne se soucie beaucoup plus de l'autre. Je ne veux pas ordonner à mon enfant de se taire parce que son papa veut être tranquille. C'est pour cela que ça ne marchera pas et que je ne veux pas t'épouser. J'ai besoin de retourner en Angleterre pour nous donner l'espace nécessaire et réfléchir à ce qui sera le mieux pour le bébé. C'est aussi la raison pour laquelle nous devons… mettre un terme à notre liaison, dès à présent.

Sa gorge était si nouée qu'elle eut toutes les peines du monde à prononcer les mots suivants.

— Tu comprends ce que j'essaie de te dire ?

Elle avait vu combien Santiago s'était tendu à mesure qu'elle parlait. Pourtant, elle espérait encore. Même si c'était pure folie, une part de Kitty O'Hanlon croyait encore au conte de fées. Mais son espoir fut réduit à néant quand il prit la parole, choisissant des mots aussi précis et aiguisés qu'une lame de rasoir.

— Comment pourrais-je ne pas comprendre ? déclara-t-il, ses yeux noirs plus brillants que jamais. Tu me dis que tu m'aimes, puis tu menaces de partir. Cela ressemble terriblement à un ultimatum pour moi.

— Mais…

— Désolé, Kitty, mais ça ne marche pas. Il y a longtemps, je me suis fixé pour règle de ne jamais céder aux tentatives maladroites de manipulation de mes émotions – et, crois-moi, tu n'es pas la première à essayer.

— C'est ce que tu veux, réellement ? demanda-t-elle. Continuer à fuir tes sentiments et te laisser définir par ton passé ?

— Je te demande pardon ?

Kitty soutint son regard d'acier sans ciller. Il lui avait posé la question, alors il allait écouter sa réponse, bon sang. Elle n'aurait peut-être jamais d'autre occasion de lui dire tout ce qu'il devait entendre.

— Tu ne vis pas vraiment, n'est-ce pas, Santiago ? Tu es piégé dans le caveau où tu as enfermé tes émotions. Tu as peur de prendre des risques. Et d'éprouver des sentiments, acheva-t-elle d'une voix tremblante.

— Comment oses-tu me parler de cette façon ?

— Comment *j'ose* ? Tu es le père de mon bébé. Si ça ne me donne pas le droit de le faire, qui l'aura ?

— Ça suffit !

Santiago se leva si brusquement que les wallabies se dispersèrent à toute vitesse. Il fixa un instant le bush devant lui et quand il se retourna pour regarder Kitty, toute tension avait disparu de son visage. Il avait retrouvé son air calme habituel de milliardaire sous contrôle.

— Tu veux retourner à Londres ? Qu'il en soit ainsi. Arrangeons cela au plus vite, d'accord ?

13.

Ce n'était pas censé se passer comme ça.

Santiago faisait les cent pas sur la terrasse ensoleillée de la suite présidentielle, indifférent au scintillement azur de l'océan ou au panorama verdoyant qui s'étendait devant lui. D'habitude, il était ravi de rentrer à Bali, mais pour une fois, la beauté de son environnement lui échappait complètement. Il aurait tout aussi bien pu se trouver dans une pièce sombre.

Car il ne pensait qu'à une chose. Kitty.

La jeune femme le hantait, jour et nuit.

Il ne pouvait s'empêcher de se rappeler la façon dont elle lui avait ouvert ses bras et son cœur. Ce qu'il ressentait en l'embrassant. Le fait de se réveiller le matin chatouillé par ses boucles rousses soyeuses étalées sur son torse. Entendre sa voix douce et son rire cristallin. Kitty.

Kitty O'Hanlon.

Elle lui avait dit qu'elle l'aimait et il lui avait renvoyé sa déclaration en pleine figure. Il l'avait accusée de chantage affectif, puis s'était arrangé pour qu'elle sorte de sa vie aussi vite que possible.

Sa gorge se noua. Il se rappela la dernière fois qu'il l'avait vue, juste avant qu'elle embarque pour l'Angleterre. Elle resplendissait dans sa robe légère dont les tons s'accordaient au paysage balinais derrière elle, et il avait remarqué que son ventre commençait à s'arrondir. Bouleversé, il l'avait conduite jusque dans l'avion et, dans le regard silencieux qu'elle lui avait jeté, il avait lu de la souffrance et du regret. Mais son cœur s'était serré quand il avait également reconnu l'espoir féroce qui brillait au fond de ses yeux verts. Un geste ou un mot de sa part aurait suffi à la faire rester, mais il n'avait rien fait et, d'une main tremblante, elle avait mis ses lunettes de soleil et s'était détournée.

Santiago l'avait laissée partir.

Il avait voulu balayer ce qu'elle avait dit à propos de son amour pour lui et du fait qu'il n'avait pas le courage d'assumer ses sentiments, comme si cela n'avait aucune importance. Il avait voulu se sentir libre à nouveau. Ne plus avoir de comptes à rendre à personne, comme c'était le cas avant qu'elle passe dans sa vie comme une étoile filante.

Mais cela ne s'était pas déroulé ainsi et il se rendait compte à présent que sa « liberté » n'était qu'une illusion.

Sans elle, il se retrouvait… Comment ?

Vide ?

Endolori ?

Le manque qu'il ressentait était presque physique.

Il serra les dents, car il aurait voulu ne rien ressentir.

Il avait précisé à son assistante que, pour la maison qu'il avait l'intention d'offrir Kitty, le budget était illimité. Mais celle-ci avait opté pour une demeure ridiculement modeste dans le quartier de Richmond.

Au fond, ce qui le rendait fou, sans qu'il veuille l'admettre, c'est que ce soit elle qui ait décidé de mettre fin à leur liaison, ce qui ne lui était jamais arrivé auparavant.

Sa fierté avait été blessée mais surtout, il avait cru qu'elle changerait d'avis. Qu'elle succomberait à leur irrésistible alchimie et reviendrait se jeter dans ses bras. Cela n'avait pas été le cas et il avait attendu en vain un appel téléphonique qui n'était jamais arrivé.

Quatorze jours après son départ, constatant à quel point il était inefficace au travail, Santiago décida que cela suffisait et qu'il était temps d'avoir une discussion avec Kitty au sujet de l'avenir du bébé.

Leur bébé.

Alors seulement, il parviendrait à se débarrasser de ce profond malaise, il en était certain.

— Annulez mes rendez-vous, demanda-t-il à son assistante.

Celle-ci jeta un regard horrifié à son agenda.

— Mais vous avez…

— Et préparez un plan de vol pour le Royaume-Uni, ajouta-t-il d'une voix sévère.

Il ne prévint pas Kitty de son arrivée. Il voulait la surprendre, sans bien savoir pourquoi. Ce fut seulement dans la voiture qui le conduisait vers la maison de location de Richmond qu'il se rendit compte qu'il ne savait absolument pas ce qu'il comptait lui dire.

Le cottage était situé au bord de la Tamise et son jardin était rempli de chèvrefeuille et de lavande parfumés. Il entendit le bourdonnement des abeilles dans les fleurs, le long du chemin qui menait à l'entrée. Il n'y avait pas de sonnette, juste un heurtoir en laiton à l'ancienne, et quand il le souleva et le laissa tomber, il entendit le son résonner dans la petite maison.

Il n'y eut pas de réponse et Santiago se maudit de ne pas avoir averti Kitty de sa visite. Alors qu'il se demandait s'il devait lui passer un coup de fil et aller l'attendre dans le pub voisin en sirotant une bière qui serait sans doute tiède, la porte s'ouvrit. Elle se tenait là, ses boucles rousses tombant sur ses épaules, vêtue d'un short et d'un T-shirt qui laissait entrevoir son petit ventre. Il sentit son cœur s'emballer dans sa poitrine. Elle avait l'air aussi fraîche et épanouie que les fleurs du jardin et il se surprit à détester le regard froid et interrogateur qu'elle lui lança.

— Santiago, dit-elle prudemment. Quelle surprise !

— Je peux entrer ? répondit-il, avant d'être envahi par mille pensées plus obscures les unes que les autres. À moins que tu ne sois avec quelqu'un ?

Il vit les traits de Kitty se tendre et une étincelle de colère flamber dans ses yeux, mais bizarrement, celui lui plut davantage que l'air calme qu'elle affichait juste avant.

— C'est pour cela que tu n'as pas pris la peine de me prévenir de ton arrivée ? lança-t-elle. Pour essayer de me surprendre ? Entre, Santiago, et fouille la maison si cela te chante. Je n'ai rien à cacher.

L'intérieur du cottage lui sembla anormalement sombre après la lumière éblouissante du dehors. Il vit que Kitty avait dessiné, car certains de ses croquis étaient étalés sur une table, près d'une fenêtre. Elle semblait s'être concentrée sur la nature plus que sur les gens. En tout cas, il n'y avait aucun portrait de lui.

— Puis-je t'offrir un rafraîchissement ? demanda-t-elle sèchement. Ou peut-être que ta limousine t'attend pour t'emmener à un déjeuner chic ?

— Je ne veux pas de rafraîchissement, grogna-t-il. Et je ne vais nulle part.

— Je me demande bien pour quelle raison tu débarques comme ça sans préavis, poursuivit-elle comme si elle réfléchissait à voix haute.

Au fond, lui aussi l'ignorait, il s'en rendait compte à présent. Il voulut faire les cent pas dans la pièce, comme il le faisait toujours quand il était troublé, mais les dimensions du cottage étaient telles que ce fut impossible. Soudain, Santiago comprit qu'il évitait son regard, par peur de ce qu'elle pourrait lire sur son visage.

Avait-elle dit la vérité en partant ? Avait-il peur ? Était-il vraiment terrifié à l'idée d'exposer ses sentiments ?

— Tu m'as manqué, fit-il doucement. Ma vie n'est plus la même depuis que tu as quitté Bali.

— Je vois.

Elle ne profita pas de cet aveu pour se jeter dans ses bras, comme il s'y attendait. Elle se contenta de soutenir son regard et Santiago comprit qu'il allait devoir en dire plus. Mais c'était si difficile… Comment se connecter à des émotions qu'il avait passé toute sa vie à enfouir ? Comparée à ce que cette rousse têtue lui demandait, sa mission la plus dangereuse de sous-marinier lui semblait avoir été un jeu d'enfants.

— Tu avais raison, finit-il par déclarer lentement. J'étais défini et inhibé par mon passé. Malgré mon amour de la liberté, j'ai découvert à ma grande surprise que j'étais complètement piégé.

Il s'interrompit quelques secondes avant de poursuivre.

— Tu m'as fait prendre conscience de ce que je pouvais avoir. Une bonne vie. Une vraie vie. Avec ce qui compte. Auprès d'une femme qui se soucie des autres, qui essaie de comprendre. Et un bébé innocent qui attend que nous lui donnions le genre d'amour inconditionnel qu'aucun de nous n'a reçu.

Toujours pas de remerciements enthousiastes. Elle se contentait de le fixer calmement.

— Tu as dit que tu m'aimais et je pense que… je pense que je t'aime, dit-il d'une voix faible, et il fut enfin récompensé par l'éclat d'un sourire. Mais je ne sais pas si je suis capable de te donner l'amour que tu mérites, Kitty. La dernière chose que je veux, c'est te blesser, alors que tu l'as été tant de fois par le passé.

Elle ouvrit la bouche pour parler mais il l'interrompit d'un geste car il n'avait pas tout à fait terminé.

— Tout comme j'ignore si je suis capable d'être un bon père, acheva-t-il doucement.

Kitty avait la gorge si nouée qu'elle peinait à respirer. Elle fixait Santiago, bouleversée par ce qu'il disait et ce qu'elle lisait sur les traits de son visage. La douleur, la culpabilité, le regret, mais aussi autre chose. Une chose à laquelle elle pouvait s'identifier, à savoir la peur qui se trouve dans le cœur de chaque humain.

Elle prit une grande inspiration.

— Tu penses que j'ai toutes les réponses en moi ? demanda-t-elle d'un ton hésitant. Je peux t'assurer que ce n'est pas le cas. L'amour ne vient pas avec un manuel d'instruction,

Santiago. Parfois, il faut apprendre au fur et à mesure. Tout ce que je sais, c'est ce que je ressens pour toi, et c'est…

— C'est quoi ? insista-t-il d'une voix impatiente.

Kitty sentit son cœur s'emballer dans sa poitrine. Comme Santiago, elle n'avait jamais dévoilé ses sentiments à personne. Même maintenant, elle redoutait de prononcer les mots à voix haute, comme s'ils risquaient de disparaître à la lumière du jour.

Mais l'amour était le plus fort.

Il fallait y croire et croire en soi. Mettre sa fierté de côté et refouler ces craintes stupides. Santiago avait toujours été honnête avec elle, ce qu'elle avait apprécié, même si parfois les choses qu'il lui avait dites n'étaient pas celles qu'elle voulait entendre. Maintenant, c'était à son tour.

— C'est comme si j'avais passé ma vie à moitié endormie avant de te rencontrer. Comme si tu m'avais éveillée d'un songe. Quand j'ai découvert que j'étais enceinte, j'ai eu peur, mais une partie de moi jubilait à l'idée de porter ton bébé. C'est un sentiment difficile à décrire. Quelque chose de primitif… d'essentiel.

— Kitty…

Elle l'interrompit en secouant la tête.

— Je pensais que c'était fini entre nous quand je suis rentrée en Angleterre. Je me suis dit que c'était mieux ainsi et que je finirais par t'oublier. Mais c'est impossible.

Elle sourit en haussant les épaules mais les larmes affleurèrent à ses yeux.

— Tu vois, quoi que je dise ou fasse, je ne peux pas m'empêcher de t'aimer.

Santiago soupira, comme s'il avait longtemps retenu sa respiration, et il fit un pas vers elle pour la prendre dans ses bras. Elle s'abandonna contre son corps chaud et puissant et sut sans l'once d'un doute qu'elle était de retour chez elle.

— Alors, veux-tu m'épouser ? demanda-t-il en plongeant ses yeux d'ébène dans les siens. Nous ferons ça dans les règles. Tu seras ma femme, pour le reste de ta vie. Car je te préviens, Kitty O'Hanlon, une fois que je t'aurai mis la bague au doigt, je ne te laisserai plus jamais partir.

— Oui, Santiago, je serai ta femme.

Pendant un instant, il resta immobile, le visage enfoui dans ses boucles soyeuses. Puis il s'aperçut qu'il tremblait. Ou bien était-ce elle ? Santiago s'écarta légèrement et vit que les joues de Kitty étaient baignées de larmes. Il les essuya doucement de la main et elle frémit davantage.

Au bout d'un moment, elle le conduisit jusqu'à une chambre, à l'étage, qui donnait sur le fleuve. Tandis qu'elle se glissait dans ses bras, le souffle court, il ferma les yeux, envahi par un tourbillon de sentiments. Mais pour une fois, il ne les refoula pas. Il les accueillit et s'y plongea avec délices, ébloui par l'évidence.

Il ne se contentait pas de penser l'aimer.

Il l'aimait.

Sans équivoque.

Et il ne tarderait pas à le lui dire.

Épilogue

Le ciel était d'un bleu aveuglant et le murmure lointain de l'océan, hypnotisant. La piscine privée était cachée par un feuillage luxuriant qui recélait des fleurs multicolores et abritait de nombreux oiseaux qu'on entendait chanter. Protégée par un large chapeau de paille, Kitty posa son crayon à dessin et s'adossa aux coussins en poussant un soupir de satisfaction.

Bali était décidément un paradis terrestre.

Elle jeta un coup d'œil à l'homme allongé sur la chaise longue à côté d'elle. En apercevant son corps puissant et bronzé et ses cheveux noirs indisciplinés, son cœur fondit d'amour et de désir, comme chaque fois.

Santiago venait de coucher leur petit garçon à l'étage pour sa sieste et Kitty les avait observés en silence dans l'embrasure de la porte. Le simple fait de les regarder ensemble lui donnait un tel sentiment de gratitude que son cœur menaçait d'éclater de bonheur. Comment avait-il pu penser qu'il ne ferait pas un bon père alors qu'il y avait tant d'amour inexploité en lui, qui ne demandait qu'à s'exprimer ? Santiago était le meilleur papa que leur petit bonhomme de deux ans, Alex, aurait pu souhaiter.

Et il était le plus merveilleux des maris.

Ils s'étaient unis en Angleterre et avaient passé leur lune de miel en Argentine. Kitty avait exprimé son désir de voir le pays natal de Santiago, mais au fond d'elle, elle avait pensé qu'il avait besoin d'affronter les derniers éléments de son passé, afin de pouvoir s'en libérer définitivement.

Le voyage avait été chargé en émotions. Ils s'étaient rendus au manoir où Santiago avait passé son enfance solitaire, et il était resté un long moment silencieux, à contempler l'immense bâtiment à travers les grilles en fer forgé. Puis son visage s'était détendu. Ils avaient visité le cimetière attenant et placé un bouquet de lys blancs devant la pierre tombale en marbre de son père. Pour se rappeler les bons moments, autant que les mauvais.

Leur fils Alex était né à Perth et, six mois après, la petite famille s'était installée pour de bon à Bali, dans une nouvelle maison – le premier endroit que Santiago considérait comme *chez lui*. Dès que Kitty en avait l'occasion, elle dessinait, et ses croquis connaissaient un réel succès dans l'une des galeries d'art d'Ubud. Tous les bénéfices de leur vente étaient reversés à une œuvre de charité et, depuis quelque temps, Kitty envisageait d'illustrer l'histoire d'une petite fille perdue qui finit par trouver le bonheur. Pour essayer de faire passer le message simple que chacun doit toujours garder espoir dans sa vie.

Elle baissa les yeux sur Santiago et ne put réprimer un soupir. Elle pourrait le regarder toute sa vie sans se lasser.

— Je ne suis pas endormi, tu sais, dit-il d'une voix rauque. Et je sais exactement depuis combien de temps tu me regardes comme ça.

Kitty sentit la flamme du désir la brûler.

— Je te dessinais ! s'exclama-t-elle. C'est la seule raison pour laquelle je te fixais.

— Vraiment ? fit-il en entrouvrant les yeux. Ça n'aurait rien à voir avec l'envie de faire la sieste, par hasard ?

— Peut-être un petit peu…

— Je peux voir ?

Santiago tendit la main vers le croquis et, en l'examinant, il sentit une bouffée de bonheur le gagner.

Il se rappela le premier portrait qu'elle avait fait de lui, où il avait vu un visage aux traits cruels et durs. Rien à voir avec la version d'aujourd'hui. C'était le portrait en noir et blanc d'un homme rayonnant d'un bonheur qu'il n'aurait jamais imaginé vivre un jour.

— Ça te plaît ? interrogea-t-elle avec une pointe d'anxiété dans la voix.

— J'adore.

Leurs regards se croisèrent.

— Tout comme je t'adore, Kitty Tevez, poursuivit-il en faisant glisser sa main le long de la cuisse de la jeune femme, jusqu'au triangle humide de son bikini. Peut-être faut-il que je te montre à quel point ?

Les lèvres de Kitty s'entrouvrirent.

— Santiago, murmura-t-elle. Je crois qu'il est l'heure de faire la sieste…

— Oh ! je crois que oui.

Ils marchèrent main dans la main jusqu'à la vaste villa.

Chez eux.

Une notion qui lui avait été étrangère jusqu'à présent.

Car Santiago Tevez avait trouvé sa place dans le monde, même s'il n'avait pas compris qu'il la cherchait. Toutes les richesses qu'il avait acquises n'auraient pu l'acheter, et pourtant elle était là, depuis le début.

Elle l'attendait par une belle soirée balinaise, lorsque Kitty O'Hanlon était entrée dans ce bar.

Retrouvez prochainement,
dans votre collection

AZUR

Le cheikh aux deux secrets, de Marcella Bell - N°4565

Que dire à un prince qui vous demande en mariage dès la première rencontre ? Rita a beau être une talentueuse ingénieure, elle n'en a aucune idée. Pourtant, parce qu'il s'agira, entre Jahangir et elle, d'une union de convenance lui garantissant une fabuleuse opportunité professionnelle, elle accepte de le suivre dans son royaume du désert. Et bientôt, dans ce cadre enchanteur, elle découvre entre les bras de Jag la passion – et ses conséquences…

Un bébé royal, de Jadesola James - N°4566

Kemi est une princesse, la fille gâtée de l'Oba de Gbale. Mais cette vie privilégiée a un coût : celui de sa liberté… Alors qu'elle échappe un soir à la vigilance de ses gardes du corps, elle rencontre un homme envoûtant. D'un seul regard, Luke Ibru la séduit. Un baiser brûlant, et il la conduit à partager avec lui une nuit de passion. Une nuit qui se solde par une conséquence royale : bientôt, Kemi se découvre enceinte de son mystérieux amant…

**L'enfant d'un ténébreux milliardaire,
de Heidi Rice - N°4567**

Jack Wolfe incarne tout ce que Katherine déteste : arrogant et impitoyable, le ténébreux milliardaire n'hésite pas à user de son pouvoir. Hélas, bouleversée par les émotions et le désir qu'il fait naître en elle, Katherine succombe à cet homme au lieu de le fuir. Pire encore, sitôt qu'elle révèle à Jack qu'un enfant naîtra bientôt de leur nuit passionnée, celui-ci lui propose un mariage de convenance…

**Le retour de Valentin Silvera,
de Jackie Ashenden - N°4568**

Voilà quinze ans que tout le monde me croit mort. Si j'ai disparu pour échapper à la tyrannie familiale, je suis prêt aujourd'hui à revendiquer mon nom, Valentin Silvera, et l'héritage qui m'est dû. Parmi ce qui m'a été arraché, mon bien le plus précieux n'est autre que la délicate Olivia Wintergreen, mon amour de jeunesse et l'actuelle fiancée de mon détestable frère jumeau. Or j'en fais le serment : cette femme que je n'ai jamais oubliée sera bientôt mon épouse…

La comtesse de Venise, de Kate Hardy - N°4569

Bien qu'elle soit une comtesse vénitienne, Serafina Ardizzone est ruinée. Comment dès lors empêcher le *palazzo* dont elle est l'héritière de tomber en ruine ? Résolue à sauver ce joyau familial, elle demande au célèbre architecte Gianni Leto de le restaurer. Pour le convaincre de prendre en main ce projet d'envergure, elle n'hésite pas à l'inviter à passer chez elle une semaine. Sept jours et sept nuits inoubliables en Italie…

Le prince de la Saint-Valentin, de Cara Colter - N°4570

Erin n'a qu'une envie : se réfugier seule au *Snow Daze*, le chalet montagnard où elle a vécu tant de moments heureux. Là, elle l'espère, elle pourra se remettre de l'abandon de son fiancé. Mais une tempête de neige fait rage dehors, et la voilà contrainte d'offrir l'hospitalité à un skieur imprudent. Un homme d'une beauté renversante avec lequel elle passe la nuit… Quelle n'est pas sa stupeur de découvrir le lendemain que son amant, Valentino de Oscaro, est un prince !

La belle et le millionnaire, de Rachael Stewart - N°4571

Tandis qu'elle débarque sur la plus belle des îles grecques, Catherine retient son souffle. La crique nichée au pied d'une falaise blanche tranche avec le bleu de la mer… et c'est là, dans ce cadre enchanteur, qu'elle va passer un mois ! Quel meilleur endroit pour oublier la pression qu'elle subit à Hollywood ? Seule ombre au tableau : le propriétaire des lieux, Alaric de Vere, loin d'être impressionné par ses allures de star, la considère plutôt comme une intruse…

Libre d'aimer, de Pippa Roscoe - N°4572

SÉRIE : *LE ROYAUME DE SVARDIA* - 2/3

La princesse Marit a toujours été la rebelle de la famille, et elle apprend avec désespoir qu'elle doit maintenant jouer un rôle de premier plan au palais de Svardia. Dans une ultime révolte, elle s'enfuit à Paris. Hélas, Lykos Livas, envoyé par le roi lui-même, l'y retrouve sans tarder ! Avant de la ramener dans le droit chemin, cet homme mystérieux accepte toutefois de l'escorter pendant quelques jours pour une escapade en Europe. Une folle parenthèse où se mêleront bientôt liberté et passion…

Le baiser d'un play-boy, de Carol Marinelli - N°4573

SÉRIE : *LES BEAUTÉS DE SICILE* - 2/2

En raison de son douloureux passé d'orpheline, Béatrice a érigé une muraille autour de son cœur. Pas question pour elle de souffrir à nouveau : sa vie est désormais centrée sur son travail de conseillère spéciale de Son Altesse Royale Julius de Bellanisia. Une tâche loin d'être facile ! Chargée de redorer l'image du prince avant que celui-ci devienne roi, la voilà contrainte de côtoyer ce play-boy invétéré jour et nuit, tout en résistant au charme qu'il exerce sur elle…

L'honneur d'un Australien, de Kelly Hunter - N°4574

Sept ans plus tôt, Judah Blake s'est accusé d'un crime qu'il n'avait pas commis pour innocenter la douce Bridie. Aujourd'hui qu'il est de retour chez lui, dans l'Outback australien, il est bien décidé à retrouver sa vie – ou ce qu'il en reste. Peu importe qu'il ait été pendant un temps considéré comme un paria, ses milliards ont suffi à redorer son image. Et c'est fort de cette aura de puissance qu'il compte revendiquer ce qui lui revient de droit : ses terres, dont il a été injustement spolié par la femme qui a ruiné sa vie…

L'ivresse d'une nuit, de Kate Hewitt - N°4575

Abigail est stupéfaite. Devant elle se tient l'homme dans les bras duquel elle s'est abandonnée, six mois plus tôt, alors qu'elle se trouvait à Paris pour une série de concerts. Un homme qui l'a quittée au petit matin, sans même avoir la courtoisie de lui donner son nom. Malgré l'émotion qu'elle ressent en revoyant son amant d'une nuit, Abigail se jure aussitôt de résister, cette fois, à son charme ensorcelant. Pas question de le laisser la blesser de nouveau. Mais bientôt un doute s'impose à elle : et si cette deuxième rencontre n'était pas seulement le fruit du hasard ?